オニマル

異界犯罪捜査班

鬼と呼ばれた男

田中啓文

角川ホラー文庫
18261

目次

プロローグ

二〇××年九月九日午後八時過ぎ、東京上空を飛行中だったアメリカン航空のジェット機ボーイング７７７に突然異常が発生した。管制塔との最後の交信によると、乗客のうち数人が操縦席に侵入して銃を乱射し、それとほぼ同時に機体の一部が爆発したらしい。反米勢力による自爆テロの可能性が大であった。乗員・乗客合わせて二百四十名を乗せたそのジェット機が墜落したのは上野《うえの》寛永寺《かんえいじ》の敷地内だった。

　黒煙を噴き上げる巨大な鉄塊は、動物園をかすめながら、その二翼でまず五重塔の半ばに衝突してそれを真っ二つにしたうえ、根本中堂《こんぽんちゅうどう》の大屋根に突き刺さった。地震とまがう激しい地響きが東京中を震撼《しんかん》させ、次の瞬間、火山が噴火したような凄《すさ》まじい炎が根本中堂を包み込んだ。おりからの強風にあおられ、火焔《かえん》は竜のごとく身をよじり、四方八方へとその紅蓮《ぐれん》の腕を伸ばして、多くの子院をはじめ、清水観音堂《きよみずかんのんどう》や東照宮《とうしょうぐう》、国立博物館、動物園などを次々とつかみ、巻き込み、真っ赤に染め上げていった。

　ようやく鎮火したのは、翌日の昼近くになってからである。寛永寺の諸建築はもとより、上野公園のほとんどが焼け野原となり、焦げたような臭いが町全体を覆っていた。

航空機と寺院がどちらも全焼していることから、死体の搬出は困難を極め、何人が犠牲になったのかもわからぬほどだった。おそらく航空機の乗員・乗客は全員死亡、寛永寺の子院に住み暮らしていた僧侶《そうりょ》たちの多くも焼死したと思われた。博物館や動物園の職員のうち、逃げ遅れたもの十数名も死亡が確認された。しかし、たまたま上野公園を訪れていた一般人の被害者については特定するのが難しかった。寺内の重要文化財や博物館で展示されていた芸術品も灰燼《かいじん》に帰《き》した。動物園の動物たちもその多くが命を奪われた。

半ば炭になった無数の死骸《しがい》とジェット機の残骸……警察、消防と米軍による全ての撤去作業と事故処理が終了したのは十月も半ばのことだった。寛永寺側は、一刻も早く寺院を再興すべく、東京都と国に申し入れたが、工事許可はなかなかおりなかった。というのは、事故の遺族たちが同地を災害のモニュメントとして保存し、慰霊のための施設を造りたいと主張したためだ。遺族が日本国内にとどまらず、アメリカをはじめとする海外に広がっているため、全員が納得のいく結論が出るには数年はかかる見通しだった。

寛永寺管長は、決断を下した。いつまでも寺がない状態のまま、というわけにはいかない。東京都とも話し合った結果、寛永寺は八王子《はちおうじ》市に移転・再建されることになった。

そして、惨事から二年の歳月がたった。上野公園には巨大な碑とメモリアルドームが建造された。しかし、寛永寺と子院が移転したため、公園内の土地にかなりの空き地ができた。東京都は、そこに警視庁の本部を移設することにした。警視庁側にも否やはなかった。警視庁の建物ができたのは昭和五十五年だからかなり手狭であり、老朽化も進んでおり、また最近のハイテク犯罪に対応するための施設の拡充も急務であったので、長年まさに渡りに船の話だったのだ。千代田城《ちよだじょう》の桜田門《さくらだもん》の向かい側に位置するため、こうして「サクラダモン」という愛称で親しまれてきた警視庁だが、その愛称を捨て、上野に移転することが決定された。

この物語は、警視庁の本部が桜田門から上野に移ってからのできごとである。もちろん航空機テロとこれから開幕する物語にはなんの関係もない。しかし、新警視庁本部の建設工事が、日本という国に、思わぬ新たな災厄を引き起こすことになったのだ。

鬼と呼ばれた男

二台分の駐車スペースをふさぐようにロイヤルサルーンを停め、火照った頰を夜風に晒《さら》しながら歩き出したとき、携帯が鳴った。着メロは実写版「狼少年ケン」の主題歌だ。サングラスの下で、男は不快そうに顔をしかめると、電話を耳に押し当てた。

「はい、〈ものしり館〉の北御堂《きたみどう》です」

男の顔にたちまち営業用の笑みがはりついた。

「ああ、いつもどうも。いえいえ、うちは二十四時間営業ですからいつでも……え？〈怪奇コウガイビル男〉ですか。121番ですね。レアアイテムです。きわめてレアです。完全な形で現存するのは、おそらく日本中探しても十枚に満たないでしょう。しかし……」

男は声をひそめ、十分な間を置いてから言った。

「当店には在庫がございます。ただし……非常にやばいルートの品なので、値は当然はりますよ。それに、所持していることをおおやけにしていただいては困るのですが……いつものこと？　そうですよね、あなたさまはよくご存じですよね。失礼しました。出所？　それはお教えできません。盗品？　あはははははは……そんなことは、あははははは」

高笑いが月に吸い込まれていく。

「偽造品ですか？　ええ、聞いております。ニュースも見ましたが、ひどいことをするやつがおりますな。いえいえ……いえいえ、決してそんなことはございません。信用していただいてけっこうです。私は、北御堂武夫《たけお》ですよ。この手のものの鑑定にかけては、日本一です。私が本物だと申しあげたら、それは本物なのです」

数瞬の後、男はにやりと笑った。

「さようでございますか。ありがとうございます。しかし、あなたも、公開できないことを承知でお買い求めになられるとは、まさにコレクターの鑑《かがみ》ですな。あなたさまは、当店の一番のお得意さまでいらっしゃいます。それでは、ご自宅のほうに書留でお送りいたします。商品到着後、四日以内にいつもの口座に振り込んでください。毎度ありがとうございます。それではお休みなさいませ」

電話を切ると、男は悪意に満ちた微笑とともに足もとに唾《つば》を吐き、

「馬鹿め……」

と呟《つぶや》いた。そして、自分を取り囲む深夜の冷気に今さらに気づいたかのように、ぶるっと大きく身震いすると、朦朧《もうろう》とした酔眼で上空を見やった。

「嫌な色の月だな」

やけに赤く、大きな満月だった。熟しきった柿のように、今にもぼたりと落ちてきそうだ。あれだけでかい柿の実が落ちてきたら、この広い駐車場中に果肉が飛び散って、一面が真っ赤になるだろう。男は自分の想像に苦笑すると、煙草を一本くわえ、歩きだ

そうとして、……ぎくりとして足をとめた。目の前の暗闇に、大きな影がうずくまっているように思えたのだ。

男は、はったりと度胸だけでこの業界で生き延びてきた。ずいぶんと危ない橋も渡ってきたし、現に今も渡っている最中だ。内心の動揺を隠しつつ、男は目を細めた。

巨大な肉塊のように見えていたものに丸太のような太い手足があり、それが人間であることを確認して、男はほっとした。

「誰だ……」

男は、精一杯どすをきかせた声で言った。

「そこをどいていただこう」

黒い影は微動だにしない。

「ぼくを誰だか知っているのか。それなら、悪いが、あんたが欲しがっているようなものは持ち歩いていないよ。本当に貴重なアイテムは貸金庫に預けてあるからね。今あるのは、〈仮面グライダー〉カードの60番台ぐらいのもんだ。それでも、そこそこレアだけどね。いいよ、かまわない。持ってくかい？」

相手は石のように黙り込んでいる。男は首をかしげ、ついで、蒼白《そうはく》になった。

「あ、あんた、まさか、高尾《たかお》さんとこの人じゃないだろうね」

返ってきたのは沈黙だった。男は息苦しいほどの圧迫感を覚えはじめた。最近、医者から指摘された不整脈を急に意識した。どくどっくどく……どくどっく……どく……心臓がでたらめに鼓動している。

「あははは……あ、あの件のことなら、ぼくは関係ないよ。遠山《とおやま》がパクられたのは、ぼくのせいじゃない。そ、そ、それは高尾さんも承知してくれているはずだぜ……」

男は、左胸をおさえながらそろそろと後じさりした。恐怖で足がもつれる。何とか……車のところまでたどりつければ……。だが、それはかなわなかった。

「ぶ……ぐやゅきあっ！」

粘着質の叫び声とともに、黒い影が、突然、目の前一杯に大きく広がった。両肩を強く突かれ、男はアスファルトの上に仰向《あおむ》けに転がった。背広の内ポケットから、頭のおかしいコレクター対策にいつも持ち歩いている護身用のスタンガンを取り出そうとしたが、腕が上がらない。肩の骨が両方とも砕かれていたのだ。続いて、男の頭に大きな石が叩《たた》きつけられた。声をあげるひまもなかった。その一撃で、男の頭蓋骨《ずがいこつ》の頂部分はぐしゃりと陥没した。その様は、まるで腐敗寸前まで熟し切って落ちた柿の実のようだった。

「ふぐ……ふぐうふっ……うふっ……」

獣じみた喘《あえ》ぎ声を出しながら、黒い影は倒れた男の頭部に石を振り下ろす。執拗《しつよう》に、何度も何度も。そうしないと相手が生き返ってしまうとでもいうかのように。しまいに頭蓋骨は砕片となり、血に染まって真っ赤になった脳漿《のうしょう》がマーボー豆腐のようになってあたりに飛び散った。

男の悲劇はそれだけで終わらなかった。

「ううう、ふうっ……うう一っ！」

叫びとともに、彼の両眼に、同時に、太い指が突っ込まれたのだ。指は二つの眼球を同時に抉《えぐ》り、ずぶずぶとその裏側に侵入していった。視神経が引きちぎられ、眼窩《がんか》からどろりとした黒い液体が流れ出す。

「のんちゃんの……かた……き……」

低い声がそう言ったのも、すでに男には聞こえていなかっただろう。アスファルトの上を蛇行する鮮血の川が「の」の字を描き、その川のあちこちに、男のポケットからこぼれ落ちた〈仮面グライダー〉カードが散乱している。

全てを赤い、陰鬱《いんうつ》な月が見おろしていた。

＊

その日、警視庁忌戸部《いみとべ》署の署内は朝から奇妙な雰囲気に支配されていた。

署長の藤巻哲夫《ふじまきてつお》警視正はそわそわと落ちつかず、普段は滅多に来ない刑事部屋に意味もなく何度も顔を出し、その度にお茶を飲んで帰っていった。刑事課長の安西六郎《あんざいろくろう》警部も軽い興奮状態にあるようで、妙にはしゃいだ声で交通課の女性警官をからかったり、捜査報告書のコピーの上にコーヒーをこぼして一人でげらげら笑ったりしている。捜査係の篠原康文《しのはらやすふみ》係長は、逆にぶすっとした表情で煙草をやたらとふかし、些細《ささい》なことで部下を厳しく叱責したり、インクのなくなったボールペンに八つ当たりしたりしている。

逆に、女性刑事や刑事課配属の女性警官たちは、

「とにかくめちゃくちゃかっこいいんだって。そのへんのモデルなんか目じゃないらしいの」

「歳は？」

「三十一歳」

「じゃあ鬼丸《おにまる》さんと同じじゃん」

「比べたら鬼丸さんがかわいそうよ。こっちは、ハリウッドから出演依頼があったほどのイケメンなんだから」

「もし、そんなひとにお茶でも誘われたら……」

「うわあ、断るわけないじゃん」

お偉方や女性刑事たちのそんな様子を、刑事課の片隅から眺めていた秋吉光雄《あきよしみつお》刑事は忌ま忌ましげに舌打ちすると、

「洋行帰りの若い刑事を一人、五日間預かるというだけで、みんな頭に血が上っちまってやがる。ごますり野郎どもめ」

そして、同意を求めるように隣席の鬼丸三郎太《さぶろうた》刑事を見た。しかし、鬼丸は微《かす》かに笑うと、女のような細い声で言った。

「警視庁に赴任する前に、所轄で研修するというのは悪いことじゃないと思うけど」

「たかが五日で何がわかる」

「俺たちが、本庁の刑事さんたちのために、地味な仕事をいかに一所懸命やっているかがわかるだろう」

鬼丸刑事は三十一歳。肩書は巡査部長である。中肉中背。顔だちにも取り立てて言うほどの特徴はない。長めでぼさぼさの髪に不精ひげ。太い眉毛《まゆげ》は八の字に情けなく垂れ下がっている。覇気のない眠そうな目つきで、目の前の湯飲みに描かれた魚偏の漢字を見つめているさまは、刑事部屋の薄汚れた灰色の壁に今にも溶け込んでしまいそうだ。

「わかるわけねえよ。俺たちが必死で働いても、おいしいところは全部母屋の刑事が持ってっちまう。やつらが手柄を立てられるのも、俺たちが地道でしんどい捜査を積み重ねて、お膳立《ぜんだ》てをしてるからだってのに、それが所轄の仕事なんだから当然だろう、みてえな顔をしてやがる。——あんた、腹立たないのか」

「ん……誰かがやらなければならないことだし、事件が解決すれば誰の手柄になっても同じだよ。それに……俺は下積みの仕事に向いてるから……」

秋吉刑事は鼻を鳴らし、
「あんたはそうだろうよ」

鬼丸は、警察学校卒業後、ここ忌戸部署刑事課勤務になって以来、異動がない。目立った功績をあげたことがないのがその理由と思われる。課長賞などの小さな表彰も一度もなく、交番勤務などに回されないのが不思議なくらいなのだ。

「あんたを見てると、出世したくないんじゃないかと思うことがある。さっきも係長に叱られてたろ」

　刑事は、つねに身だしなみをこぎれいにしていなくてはならない。私服なので、だらしない格好だと一般人に信用されないからだ。髪は短髪か七三。長髪などありえないし、もちろん不精ひげも御法度だ。係長の篠原は、

「散髪しろ、ひげを剃《そ》れと何度言わせるつもりだ。今日は特別な研修生が来る。忌戸部署は風紀が乱れているなどと本庁で噂になったら困るんだ」

　そう言ってシェーバーを渡そうとしたが、鬼丸はへらへら笑って受け取ろうとしない。その結果、雷が落ちたのだ。

「だが、俺はまっぴらだ。石にかじりついてでも成績を上げて、本庁の刑事になってやる。出世しなけりゃ、昇給も少ねえからな」

　秋吉刑事は自分に言い聞かせるように言ったあと、すぐに言い訳のように付け加えた。

「あんたは独身だが、俺は二人の子持ちだ。上の子はもうすぐ大学受験、下の子は高校受験で何かと金のいる時期なんだ。家のローンもある。少しでも上に上がらないと、首が回らねえんだよ」

　警視庁に所属する四万数千人の警官は皆、上野公園にある本庁勤務を夢見ている。だが、実際にその夢を実現させているのはほんの一握りである。所轄署でよほどの功績を

上げないと、カンエイジへの転属は困難なのである（警視庁本庁は、ジェット機墜落で焼失・移転した寛永寺の跡地に建てられているため、そのように呼ばれていた）。

「今日来た野郎がどうして研修にうちの署を選んだかわかるか」

「さあ……」

「暇だからだ。本気で研修するつもりなら、新宿署だの渋谷《しぶや》署だの犯罪発生率の高いところに行くはずだ。忌戸部署の刑事は昼寝してても勤まると陰口叩かれるぐらい、うちの管内じゃもう何年も新聞に載るようなヤマは起きていない。五日間の研修を何事もなく過ごせば、大手を振って捜査一課に着任できるってわけさ」

そこまで言って、秋吉は自分の声の大きさに気づいたらしく、口をつぐみ、手にしていたコーヒーカップを机に置いた。カップには自筆の馬のマンガが描かれている。秋吉の競馬好きは署内でも有名であった。

「そういえば、例の写真家の件はどうなったんだ」

鬼丸がたずねると、秋吉は急に不機嫌そうな表情になり、

「ありゃあ……何もなかった。ただの傷害だ」

そう言って、横を向いた。それ以上、何もきくな、と言いたげである。

例の件というのは、動物写真家の遠山明《あきら》という男が、忌戸部署管内の盛り場で深夜、会社員と喧嘩《けんか》をし、相手に怪我をさせて現行犯逮捕された事件のことである。逮捕したのは、偶然、その場を通りあわせた秋吉だった。近くにある交番に引き渡せばよいはず

だが、秋吉は遠山を署まで連行した。その日の宿直は鬼丸だった。被害者加害者ともかなり酔っていたこともあって、被害者が被害届を出さなかったため、遠山はすぐに釈放された。

遠山明は、ヤマネ、ハムスター、イルカ、ラッコ……といった動物の写真集で一部に知られており、希少動物の保護や動物虐待の禁止といった動物愛護運動にも熱心に取り組んでいる。秋吉は、釈放後も遠山について、休暇などを利用して独自に内偵しているようだ。おそらく何かを摑《つか》んでいるのだろうが、彼は上司にも同僚である鬼丸にもその内容を漏らさない。手柄を独り占めにするためだろう。

どんな小さなヤマでも自分一人であげたい。その積み重ねが刑事個人の評価につながるのだ。だから、刑事間の競争は激しい。いいネタを人に公開していては、競争に勝てない。できれば新聞紙上を賑《にぎ》わすような大事件を単独で解決したい。しかし、そういった事件では捜査本部が設置され、本庁からやってきた刑事が全てを牛耳ってしまう。所轄の人間は彼らの道案内役をするだけで、事件が解決しても何の功績にもならない。

「ま、がんばってくれ」

鬼丸は興味なさそうにそう言ったあと、大口をあけて目に涙が滲《にじ》むほどの欠伸《あくび》をした。

秋吉はそんな彼を情けなさそうに見つめたあと、何か言いかけたが、肩をすくめて首を横に振った。

「ややや……」

廊下に向かって聞き耳を立てていた安西課長が突然、扉の前に走ると、満面に笑みを浮かべてノブに手を掛けた。

＊

「やはり全員集合させるべきだったな。君ほどの人物が、こうして自分から各課に出向いて挨拶《あいさつ》するなんて必要ないことだ」

廊下を連れ立って歩きながら、忌戸部署署長・藤巻哲夫警視正は長身の若者に言った。

「いえ、たった五日間しかいない私のために、署員の皆さんの仕事の手をとめるのは不本意ですから」

若者は、隣を歩く肥えた中年男に小声で言った。いわゆる「総髪」というのか、肩まで伸ばした黒髪をきれいに切り整えて後ろに撫《な》でつけている。かなり特徴的な髪型だが、それが嫌味なほど似合っているのだ。特徴的といえば、その瞳《ひとみ》の宝石のような碧色《みどりいろ》もひと目を惹《ひ》きつけるに十分だった。細い眉《まゆ》と涼やかな切れ長の目が高貴な公達《きんだち》を連想させ、高い鼻梁《びりょう》は日本人離れしている。すらりと背が高く、背筋を伸ばした歩き方やちょっとした仕草からは古雅な雰囲気が感じられる。

「いや、気をつかわなくてもいいんだよ」

藤巻署長は、にこやかに応《こた》えた。

「君のような、いずれは警視庁を背負《しょ》って立つ人物に、五日間とはいえ、研修の場所として当署を選んでもらったんだ。礼を失することがないよう、本来、署員全員に芳垣《よしがき》君の顔と名前を周知させておくべきだと思うんだがね……」

ベニー芳垣は別に気をつかっているわけではなかった。柔剣道場に署員全員を集めて、十五分間気をつけの姿勢にさせ……といった日本式の非効率なやり方が反吐《へど》が出るほど嫌いなだけだ。

「十五分といえども、業務の停滞は避けるべきです」

「ははは……大層に言わんでくれ」

藤巻署長は、水を入れたゴミ袋のような便々たる下腹を揺すって笑った。

「うちじゃあ寸刻を争うような緊急の事件など滅多に起きるものじゃない。私は、君をこの署で預かっている間に、どうか何の事件も起きんでくれ、と、今朝も神棚にお祈りしてきたよ」

ベニー芳垣は、内心、舌打ちをした。

(冗談じゃない。何の事件も起きないようなところにわざわざ研修に来るほど、私は暇ではない)

彼はいわゆるキャリア組ではない。警視庁警察学校を卒業してすぐ、ロサンゼルス市警察へ同地の警察制度研修のために派遣され、ハリウッド署で七年間勤務し、先日、帰国したところなのだ。

もともと半年の予定だったはずの滞在が七年の長きに及んだのは、彼のあまりの優秀さに驚いたロサンゼルス市警察が手放したがらなかったためだ。ロス流の迅速機敏な捜査術とマグナム捌《さば》きを身につけ、巡査部長にまで出世した彼が帰国の意思を告げた時、ハリウッド署の署長は、警部補待遇にするから残ってくれ、と懇願した。それを振り切って日本に戻ったのは、一つには、どうしてもやらねばならないことがあったからなのだが……。

ベニーの同地での実績を認めた警視庁は、日本国内では何の実績もない彼を警部として捜査一課に着任させることにした。三十一歳で警部というのは、ノンキャリア組としてはかなりの出世である。

七年間の海外勤務で日本の警察事情に疎くなっている彼は、自分が浦島太郎であることを自覚していた。それゆえ、捜査一課の一員として本格的に活動を始める前に、一ヵ月間の研修を行わせてくれるよう願い出たのだ。捜査一課から四課、国際捜査課、鑑識課などへ数日ずつ籍を置いて、それぞれの活動状況を実際に体験する。刑事部だけではない。交通部、警備部、公安部にも赴き、実態をつぶさに見学した。そして、一ヵ月に及んだ研修の締めくくりとして、今日からここ忌戸部署で五日間の所轄署勤務を行うところなのだ。

「……ここが刑事課だ」

藤巻署長がノブに手を掛けようとするより先に、中から扉が開けられた。

「ようこそ、芳垣さん。お待ちしておりました。どうぞ中に」

開けたのは、耳の脇を除いて前頭がみごとに禿《は》げあがった四十がらみの痩《や》せた小男だった。彼は、署長より早くドアを開けるべく、二人が来るのを部屋の内側でずっと待ち構えていたのだ。

度の強い眼鏡をかけ、前歯が突出したその男を見て、

（まるで、ネズミだな）

とベニーは思った。男の顔つきは、欧米の雑誌に載っている日本人のカリカチュアそのものだった。

藤巻署長は、机についている刑事たちに、仕事の手をとめてこちらを見るように合図をした。全員が椅子から立ち上がり、気をつけの姿勢をとった。

「諸君に紹介しよう。ベニー芳垣君。警視庁捜査一課刑事係の警部だ」

「芳垣です。よろしく」

彼が軽く頭を下げると、部屋中の刑事がロボットのように一斉に敬礼した。端席に着いていたふたりの女性刑事が思わず、

「ふうっ」

と吐息を漏らした。マンガならその両眼にハートマークを描き込むところだろうが、ベニーは気にもとめなかった。ロス警察でもよく体験した反応だからだ。女性警官はもちろん、プライベートでも大勢の女性が彼に群がったが、仕事一筋だったベニーは見向

きもしなかった。そのためゲイではないかという噂が立ったが、ベニーは男性も相手にしなかった。

「ヨシは、ほんとに仕事が恋人なのね」

当時同僚だった女性警官はため息混じりにそう言ったものだ。

藤巻は少し誇らしげに、

「芳垣警部は、東京生まれのニューヨーク育ち。お父上がアメリカ人、お母上が日本人のハーフだ。警視庁警察学校を卒業してすぐ、ロサンゼルス市警察へ同地の警察制度研修のために派遣され、ハリウッド署で七年間勤務し、先頃、帰国なされたところだ。捜査一課着任に先立ち、最前線を経験するため、今日から五日間、この忌戸部署刑事課で研修される」

間髪をいれず、さっきのネズミ男が進み出た。

「私、刑事課課長の安西六郎と申します。芳垣さんの海外での武勇伝の数々、いろいろと聞かせていただいております。お会いできるのを楽しみにしておりました。五日間、私があなたを責任持ってお預かりいたします」

安西は揉《も》み手《で》をせんばかりにしてそう言った。その態度に、ベニーは幇間《ほうかん》を連想した。

安西の「私」の発音が、ベニーには「あたし」に聞こえた。

「芳垣さんはよしていただけませんか。私はあなたの下で勤務するわけですから、呼び捨てでお願いします」

「勤務？　と、とんでもない。休暇のつもりでゆっくりしていらっしゃればいいんですよ。あなたを働かせたりしたら、私が署長に叱られます。それに、私も階級はあなたと同じ警部ですから、呼び捨てにするなんて……」

そう言うと、帮間は同意を求めるように上目遣いで署長を見、ちちち……と笑った。

「安西君の言うとおりだ。本庁に着任する前の骨休めのつもりで、のんびりしてくれたまえ」

署長の言葉に、安西は我が意を得たりという風にうなずいて、

「骨休めのほうは保証いたしますよ。何しろこの忌戸部署の管轄区内は警視庁の〈くつろぎスポット〉と呼ばれているぐらいですから」

「おい、安西君」

藤巻署長に脇腹を小突かれて、さすがに口が滑ったと思ったのか、安西はぺろりと舌を出した。

（——おかしい……）

ベニーの表情が険しくなった。

（あの盤が示した方位にある警察署はここだけだ。この管内で何かが起きるはずなのだが……）

彼は、突き刺すような目で、居並ぶ刑事たちを見つめた。どれもこれも凡庸を絵に描いたような顔をしている。ハリウッド署の同僚たち……やつらは皆、精気に満ちた顔つ

きをしていた。一人ひとりが身体を張って犯罪に対峙《たいじ》していたのだ。それに比べてこいつらは……bullshit！

隣で、藤巻署長が何やら演説している。どうやらベニーの「輝かしい経歴」とやらを逐一説明しているようだ。ベニーはいらついた。そんなに経歴が知りたければ、あとでコピーして配ってやる。

ベニーは、本当に吐きそうになった。

(私は、こんな連中と仕事をするために帰ってきたのではない……)

ネズミ男の横に立つがたいのでかい男が、刑事課捜査係長の篠原警部補と自己紹介した後、課員を一人ずつ紹介していった。失意に包まれたままそれを聞き流していたとき、ベニーはふと何かを感じた。刑事部屋の空気をねじ曲げて、ぎゅうっと鷲掴《わしづか》みにしたような凄《すさ》まじい緊張感。彼は、一人の男に目をとめた。

コロンボを地で行くような、風采《ふうさい》のあがらない男。頭はぼさぼさで、目やにをため、無精ひげを生やしている。紐《ひも》のようによじれたネクタイといい、着古した灰色の背広といい、だらしなさを絵に描いたようだ。年齢は、彼と同じぐらいか。だが……太い眉《まゆ》や引き結んだ唇、がっしりした顎《あご》などは案外精悍《せいかん》ではないか。もしかすると……。

ベニーの視線を感じたのか、男は目を伏せた。顔を見られたくない、というような動作だった。その瞬間、部屋を軋《きし》ませるほどの緊張感は消失した。

「——というわけで、これが刑事課の総勢二十三人であります。よろしくお願いします」

篠原警部補はそう言って軽く会釈すると、ベニーの「こちらこそよろしく」という意味の言葉を待った。しかし、ベニーが口にしたのは全く別の台詞《せりふ》だった。

「――君は……誰だ！」

篠原はベニーの予想外の反応と荒い語気に驚き、「君」が誰を指すのか知ろうと必死に左右を見回した。彼の狼狽《ろうばい》ぶりを見て、安西課長が助け船を出した。

「あっ、彼ですか。彼こそわが忌戸部署の『鬼刑事』ですよ。ええ、それが彼の渾名《あだな》なんです。もっとも、名前が鬼丸っていうだけなんですがね」

そう言って、安西は再びちちちっ……と笑った。その間中、鬼丸と呼ばれた男は、ベニーの視線から顔を背けていた。

(勘違いか……それとも長い外国暮らしで勘が鈍っているのか。いや……いや、そんなはずはない……)

ベニーはもう一度鬼丸をにらみ据えたが、そこに立っているのは、どう見ても無能そうな、くたびれた一刑事に過ぎなかった。

「鬼丸君も、もう少し、渾名にふさわしい働きをしてくれるとうれしいんですがね。ねえ、鬼刑事」

安西は、鬼丸の肩をぽんと叩《たた》いた。鬼丸は、「えへへへ……」と薄笑いを浮かべて頭を掻《か》いた。

その時、安西の机の上の電話が鳴り、若い刑事が受話器を取った。メモを取りながら、署長をはばかって小声で話をしていたその刑事は、緊張したおももちで顔を上げると、安西に言った。

「殺しです。狩場沢《かりばざわ》のマンションの駐車場で男が頭を叩き割られて殺されているのを管理人が見つけたそうです」

「何てことだ。よりによってこんな時に……」

藤巻署長は真っ青になってそう呟《つぶや》いた後、ベニーを見て眉をひそめた。ベニーは、にやりと笑いながら何度もうなずいていたのだ。そして、その視線はなぜか鬼丸に向けられていた。

「事故……ではないのかね。つまり……うちの管内では滅多に殺人など起きないからね」

藤巻が念を押すようにそう言ったが、若い刑事は首を横に振った。

「殺されたのは、レトログッズ鑑定家の北御堂武夫」

「何だと！」

署員たちは色めきたった。有名人である。口々に勝手な憶測が飛び交いだす中を、若い刑事は悲鳴のような声で続けた。

「──被害者は、両眼をくりぬかれていたそうです」

＊

安西以下、忌戸部署の刑事たちが現場に駆けつけたあと、すぐに警視庁から捜査一課の刑事たちと鑑識課員がやってきた。現場検証と付近の捜査がひととおり終了した段階で、忌戸部署に捜査本部が設置された。しかも、特別捜査本部である。忌戸部署として、これは七年ぶりのことだ。

翌朝の八時半から捜査会議が開かれ、まずは、T大医学部における司法解剖の結果報告が行われた。死亡推定時刻は、午前三時から午前五時の間。死因は、前頭部および頭頂部の打撲による脳挫傷《のうざしょう》。凶器は表面が滑らかでかなりの硬度をもった鈍器と推測されるが、頭頂が完全に陥没しており、よほどの力で何度も強打されたものと考えられる。他の損傷としては、左右の肩甲骨および鎖骨の完全骨折とそれに伴う出血があるが、死因と直接の関連はない。

問題は目である。両目とも眼球が抉《えぐ》り出されていた。器具を使った形跡はなく、指でむりやりほじくりだしたらしい。しかも、左の眼球を右の眼窩《がんか》に、右の眼球を左の眼窩にと、左右を逆に入れてあったのだ。

最初、執刀医は、犯人は被害者の両目をくりぬいた後、再び元の位置に戻したのだろうと考えていた。しかし、左目に緑内障の手術の痕跡《こんせき》があり、被害者の生前のカルテによると、手術したのは右目となっていたところから疑義を抱き、再度入念な検査を行った結果、左右の眼球の入れ替えが判明したのだ。

「わからん……何のためにそんなことを……」

捜査本部の副本部長となった藤巻署長は、脂ぎった団子鼻をこすりながら呻《うめ》いた。

次に、被害者に関する簡単な説明があった。

「被害者は、レトログッズの鑑定家で、〈ものしり館〉というレトログッズショップの経営者でもあります」

「レトログッズ……？　何だそれは」

藤巻署長が怪訝《けげん》そうに言った。

「古いおもちゃとかマンガのことです。今は希少価値が出て、高く売れるんですよ。最近は偽造品も出回っていて、本庁の捜査二課も動いているそうです」

「北御堂……か。聞いたことのある名前だな」

「よくテレビの鑑定番組とかバラエティに出ていますから」

殺されたのは、テレビにも出演している有名人。しかも、かなりの猟奇事件だ。昨日の記者発表の席上で、藤巻が眼球入れ替えについて口を滑らせた瞬間、記者たちは飢えた狼のように飛びついてきた。しまった、と思ったが、遅かった。今日の朝刊の社会面は、各紙とも煽情的《せんじょうてき》な見出しを掲げて、この事件を喧伝《けんでん》している。もう、後にはひけないのだ。

続いて、警視庁の鑑識課による現場検証の結果が報告された。

現場のすぐ近くの草むらに血液と頭髪の付着した漬物石大の石が転がっており、血液、頭髪ともに被害者のものと判明したため、それが凶器であることはほぼまちがいない。

死体は、駐車場に停めてあったベンツの車体の下に隠されており、そのために発見が遅れたのだ。アスファルトに残っていた血痕《けっこん》などから考えて、死体の上に車を移動させたのではなく、殺した後に死体を引きずって、車体の下に押し込めたのだろうと推測された。

「被害者は、背広の内ポケットにスタンガンを所持しておりました。おそらく、肩の骨を砕かれたために取り出すことができなかったものと思われます」

捜査会議の進行役である木槌《きづち》警部が、資料を見ながらそう言った。彼は、この事件を担当することになった警視庁捜査一課木槌班の班長である。

「どうしてスタンガンなんかを持っていたのかね」

「護身のためでしょう。レトログッズというのは、かなり高額で取り引きされますから。たとえば、鉄腕アトムのブリキ製人形が、五百万円……」

軽いどよめきがあがった。

「被害者北御堂武夫は、午後九時ぐらいから銀座《ぎんざ》の韓国料理店〈タチコギ〉で雑誌社の取材に応じたあと、十一時過ぎに有楽町《ゆうらくちょう》のスナック〈アダムスキー〉に行き、午前三時ぐらいまでその店にいたことが判明しております。店を出る時はかなり酔っていて、足元も危ない様子でしたが、マンションまで送ろうという雑誌編集者の申し出を断って、車で帰ったそうです。有楽町から現場までは車で約一時間かかりますから、犯行は午前四時から五時の間になされたと考えられます」

それから活発な質疑応答がなされた。複数犯か単独犯か、編集者にアリバイはあるか、動機は何か……。もちろん、捜査は始まったばかりであり、どの質問にも明確な答はない。その答はこれからの捜査で出していかねばならないのだ。

木槌警部が、地取り捜査の組分けを発表しようとした時、ベニーが立ち上がり、木槌に何やら耳打ちした。木槌は、最初、不審そうな顔で聞いていたが、最後にはうなずき、手元の組分けリストをボールペンで訂正した。

地取り捜査というのは、いわゆるローラー作戦である。事件現場を中心にしたある範囲の地域を、一軒一軒しらみ潰《つぶ》しに聞き込みをしていくという、地味で、手間のかかる捜査方法で、初動捜査で犯人が検挙できない場合にこのやり方が取られる。

「じゃあ、行こうか」

ベニーはコートを摑《つか》んで鬼丸刑事の正面に立つと、そう言った。鬼丸の顔に一瞬、驚きと不快の入り混じったような表情が表れたが、すぐに消え、彼は自分のコートを手にして、ベニーに続いて廊下に出た。

しばらく歩いたところで、前後に誰もいないのを見澄ましたかのように、ベニーは階段の前で立ち止まり、後方の鬼丸に声をかけた。

「どうして君を相棒《パートナー》に選んだか、ききたいだろう」

鬼丸は無言で応《こた》えない。

地取り捜査は、通常、二人一組で行われる。それも、本庁の刑事と所轄署の刑事がペアになる。所轄の刑事には土地勘があるからだ。

「君は、隠していることがあるね」

「えー と……この事件のことでしょうか」

「ちがう。もっと……本質的なことだ」

「い、いえ、何も……」

ベニーは、鬼丸を振り返ると、

「さっきの電話のとき、君の弛緩《しかん》していた表情が厳しく引き締まったね。目も、獲物を見つけた猛禽類《もうきんるい》のように光った」

「警部殿の見間違えでしょう」

「そんなことはない。私はずっと君の顔から目を離さなかったんだよ」

「…………」

「君には、もうわかっているはずだ。私が何者であるか、ということが」

「あの……アメリカ帰りのエリート刑事さん、ですよね。ちがいますか」

「とぼけるのもいい加減にしろ!」

ベニーは端整な顔を朱に染め、声を荒らげた。しかし、すぐに強力な自制心で自らを取り戻すと、

「Don't be silly。私を甘く見るなよ。君がどういう素性の人間かは知らない。だが、これだけは覚えておいてもらおう。私は四日の間にこの事件を解決し、同時に、君が

〈誰〉か、ということも暴いてみせよう」

鬼丸は肩をすくめた。

「何をおっしゃっているのかさっぱりわからんのですが、警部殿は、自分を買いかぶっておいでのようですね。自分はただの刑事で、そんな大それたもんじゃありません」

ベニーは、左右の指を組み合わせ、

「喀《かく》……!」

鋭い語気でそう叫んだ。鬼丸は顔色ひとつ変えず、

「なにか……?」

ベニーは鬼丸の全身をなめ回すように眺めたあと、

「私の勘違いか……」

そう呟《つぶや》いた。そして、気を取り直すように、

「私と組むのが不満か」

「いえ……滅相も」

「じゃあ、no problem だな、鬼刑事くん」

ベニーは、鬼丸の胸を軽く小突くと、階段を降りていった。鬼丸は小さく舌打ちして、胸もとを開き、そこに視線を落とした。星形をした火傷《やけど》のような痕《あと》がある。鬼丸は顔をしかめると、ゆっくり後を追った。

*

二人が担当したのは現場のマンションと最寄り駅の間にあるごみごみした住宅地で、午後二時を回っても、割り当ての三分の一も消化できていなかった。

ベニーの意気込みにもかかわらず、午前中の聞き込みでは何の成果も上がらなかった。稀《まれ》に見る凶悪犯罪ということで住民の関心は高かったが、犯行時間が深夜であったため、目撃証言は皆無だった。

「遅くなったが、昼にするか」

住宅地なので飲食店はどこにもない。ようやく一軒の小汚いラーメン屋を見つけ出した二人が入り口をくぐった時、怒声が降ってきた。

「また割りゃあがったな、この馬鹿力め。何べん言ったらわかるんだい。ガラスのコップはもっとそっと洗うんだよ。店中のコップを割るつもりかい、こののろま」

見ると、二十歳ぐらいだろうか、雑巾《ぞうきん》を手にした色白で肥満体の青年が、目に涙を浮かべて床に座り込んでいる。競馬新聞を握りしめて怒鳴っているのは、店主とおぼしき中年男だ。青年の左頬には、たった今張り飛ばされたのであろう、手のひらの跡がくっきりとついている。

「何でえ、猪山《いのやま》。その目は何でえ。仕事は半人前のうえに、ドジばっかりこきやがって。

てめえみてえな役立たずは……」

店主は、膝《ひざ》で青年の顔面を蹴《け》り上げた。青年は、鼻血を垂らして仰向《あおむ》けに倒れた。

「おい、客の前でいいかげんにしろ」

見かねてベニーが割って入った。

「ふん、ほっといてくれ。うちの店員に何しようと俺の勝手だろ。気に入らねえなら帰りゃあいいだろ」

後に引けなくなったのか、店主は興奮した声でそう言うと、青年の胸ぐらを摑んで引き起こした。

「待て」

ベニーは警察手帳を出した。店主の顔色が変わった。

「な、何でえ。この程度で傷害の現行犯になるのかよ。俺はこの低能野郎が、たった一人の肉親だった兄貴が死んじまって行き場がねえってから、お情けで雇ってやったんだぜ。感謝されこそすれ、文句を言われる覚えはねえよ」

「そうじゃない。あんたにききたいことがある。――おとといの夜から昨日の朝にかけて、どこにいた」

店主はにやりと笑った。

「ああ、わかった。駐車場で男が殺された件だろ。それならそうと最初に言ってくれりゃいいんだ。店を閉めた後、一杯やって女房と朝までぐっすり寝てたぜ」

「何時に閉店した」

「うちは、夜は、飲みにくる客が多いんだ。あの日は一時ぐらいだったかな」

そう言って、店主は国産ウイスキーがボトルキープされた棚を指さした。

「証明できるか」

「女房が証人だ。あの日はゆっくりかわいがってやったから、よく覚えてるはずだ」

「身内は証人にならない。他には誰かいるか」

「いや……うちは二人暮らしだ」

「被害者を個人的に知っているか」

「知るわきゃねえだろ。──おいおい、刑事さん。言っちゃ何だが、俺はまっとうな料理人だよ。俺が犯人だっていうんなら、証拠を見せてくれよ」

店主は、乾いた麵《めん》がこびりついた競馬新聞をカウンターに叩《たた》きつけて怒鳴った。

もう昼食どころではない。二人は、店主と妻の名前と年齢、店員の数と名前など、型通りの質問をすると、その店を出た。店主は、もと小規模の印刷工場を経営していたが、不況で注文が減り、ラーメン屋に転職したそうだ。

「今の男……北御堂を知ってるな」

すぐに、ベニーが言った。

「君もそう思っただろう」

「さあ……」

首を横に振る鬼丸の肩を、業を煮やしたようにベニーは突いた。

「私たちはチームだ。君がいつまでもそういう態度では、これ以上仕事を続けることはできないな」

鬼丸はうつむいて考えていたが、たっぷり三十秒ほど沈黙したあと、

「ボトルを、隠しましたね」

ベニーはうなずいた。

「やはり、君は私の思っていたとおりの男だ。見るべきところはきちんと見ている」

「めんどくさいんで、そういったリアクションは飛ばしてもらえませんか」

ベニーは一瞬ぐっと詰まったが、

「やつはボトルキープの棚を指さした時、身体で隅の方のボトルを我々の目から隠した。おそらく北御堂のボトルがあったんだろう。被害者はあの店の常連だったというわけだ」

「マンションはすぐ近くだし、二、三度飲みに来たことがある、というだけかもしれません」

「それならなぜ、北御堂のことを知らない、と言ったのだ」

「さあ……事件に巻き込まれたくなかったのかも……。戻って、店主に確認しますか」

「いや……」

しばらく行ったところで、鬼丸がつぶやくように言った。

「振り返らないでください」

「なぜだ」

「あの店主、細く開けた戸の隙間からこちらをじっとうかがっています」

「見もしないで、なぜわかる」

鬼丸は答えなかった。

店からかなり離れてから、ベニーはそっとラーメン屋を振り返った。もちろん店主がこちらを見ているかどうかはわからなかった。

＊

結局、二人は昼食を取らずに、午後の聞き込みを続けた。その後は何の成果もなく、割り当てが終わった時は、すでに午後八時を回っていた。

署に戻り、捜査報告書を書き上げたのは十時過ぎ。コンビニで買ってきた弁当を冷えた茶とともに胃に流し込んだあと、署の敷地内の独身寮に住んでいるという鬼丸は、欠伸《あくび》をしながら帰っていった。

ベニーは署内四階の柔剣道場に敷きつめられた布団の一つに身を横たえた。

捜査本部が設置された場合、刑事たちは所轄署に泊り込みになる。連日、早朝四時、五時から深夜十二時過ぎまで仕事が詰まっているのだ。帰宅している暇などない。

（あの男……）

ベニーは、鬼丸のことを思った。

(亀のようなやつだ。いつも甲羅の中に頭を引っ込めて、他人に見られないようにしている。これまで個人的な功績を上げたことがない、というのは、わざとだろう。だが、やつの身体からは異常な臭いがぷんぷんしている。私にしかわからない臭いだ。最初は……かと思ったがそうではないらしい。ならば、凶悪犯罪者か……いや、それならなぜ刑事をしている……隠れ蓑《みの》か……)

いくら考えてもわからないものはわからない。

(必ず、尻尾《しっぽ》を摑《つか》んでやるぞ)

目を閉じると、ベニーはすぐに眠りに引き込まれていった。

*

最後の最後で彼はミスをした。洗い場で皿を一枚割ってしまったのだ。前の店長なら、「ああ、いいよ、いいよ。怪我はしなかったかい」で済んでいたところだ。だが、今度来た女店長はそうはいかない。三十八歳独身。いつも、こめかみの血管をひくひくと浮き出させている。客の注文を通してなかったとか、レジを少し打ち間違えたとか、そんな些細《ささい》なことでねちねちと二十分も三十分もお説教だ。今日も、彼の上がりは午前一時だったのに、皿を割ったためにそれから小一時間しぼられたのだ。そのあげく、皿代は給料からさっ引く、ときた。

アパートの螺旋《らせん》階段を昇りながら、彼は毒づいた。

「あいつ、男がいねえから、欲求不満で荒れてんだな。今度、俺が一発やってやろうか！」

三年ほど前までは、しょっちゅう無茶をしていた。いい女と見れば、夜中に集団で襲いかかり、思いを遂げていたものだ。どんなに抵抗する女でも、顔を二、三発殴ってから突っ込んでしまえばおとなしくなったし、ほとんどの場合は相手が泣き寝入りするので、事件にもならなかった。女が訴え出て、嫌疑をかけられたこともあるが、やる時にはマスクで顔を隠したうえ、暗がりを選んでいたので、必ず証拠不十分で釈放された。

（一度だけ……碓《うす》井《い》の野郎がドジを踏んだせいで、女にはっきり顔を見られちまって、捕まっちまったっけ……）

その時は未遂だったので、主犯格ということで彼だけが三ヵ月の少年院送りになったのだ。以来、彼は表面的には更生し、こうしてファミリーレストランに勤めているわけだが……。

（そういえば……一人だけ、変な女がいたなあ……）

何となく彼は思い出し、思い出すままに記憶の糸をたぐった。

（碓井の野郎と俺が〈ジンタ〉にいたら、兄貴と北御堂さんが来て、四人で晩の九時頃、住宅街をぶらぶら歩いてたんだよな。道に面して風呂場《ふろば》がある家があって、シャワーを浴びる音がした。窓に女のシルエットが映ったから、俺、脅かしてやろうと思って窓に石をぶつけたんだ。そしたら、ガラスが割れちまって、蒸気の中に女の白いオッパイが見えた。『やっちまおう』って兄貴が言って、四人で窓をこじ開けて、浴室の中に入った。女は二十三ぐらいだったかな。逃げようとして四つん這《ば》いになってた女を四人がかりで押さえつけてみたら、ははは……あんな女っているんだな……みんなで大笑いしたっけか……)

彼は、階段の薄暗い明かりの中で思い出し笑いをした。

(家族は外出中だったんだけど、女の婚約者がたまたまやって来て、一一〇番しやがったけど、俺たちゃガラス割っただけだって言い張ったら、怒られただけで終わった。婚約者も、あの写真をばらまくって脅したら、警察には何もしゃべんなかったしな。——だけど、あんな女……ぐふふふ……ふふ……)

やっと自室のドアの前にたどりついた時、彼はまだ下卑た笑みを浮かべていた。その笑いが凍りついた。何か、黒い、大きなものがそこにうずくまっていたのだ。一瞬、大きな犬か何かに見えた。

「な、なん……」

何だ、と言おうとして、果たせなかった。その黒いものから伸びてきた二本の太い腕が彼の喉《のど》を締め上げたのだ。階段を降りようと後ろ向きになった瞬間、自分の喉仏《のどぼとけ》がへしゃげる、ぶきくき……という音がはっきり耳に聞こえた。喉の奥から大量の血液が口《こう》腔《こう》に溢《あふ》れ出した。

「のんちゃんの……かたき……」

そういう声とともに、ごき……という鈍い音が二回して、彼の一生は終わった。

しかし、その後、彼の身体に降りかかったもっと残酷な運命を知らずに死ねただけでも幸せと言うべきかもしれない。

＊

「ほんと、かっこよすぎるのよね」

小麦早希《こむぎさき》は夢みるような目で、言った。生活安全課から刑事になってまだ二年目だ。髪は短く、小顔のわりに目がくりくりと大きい。全体にボーイッシュな感じだが、警察官採用条件の百五十四センチぎりぎりと背が低いので、後ろからだと「小学生の男子」にまちがえられる。それが近頃の悩みだった。

「ハーフで彫りが深くて髪型とか仕草もばっちり決まってて……そのうえ刑事としての腕も超敏腕。これ以上つけ加えることなんてなーんにもない。お釣りがくるよ」

「そうよねー。実家は京都のお公家《くげ》さんの家柄らしいわよ」

制服警官だが刑事課に配属されて、署内業務を担当している峯野《みねの》かをりが目を輝かせた。髪は肩より少し長いぐらいのボブ。アイドル並にまつげが長く、リップの色も濃い。

制服という制約のなかで目一杯お洒落《しゃれ》をしている。胸が大きく、スタイルも見事なので、夏のビーチで水着を着ていると百パーセント声をかけられるらしい。

「ということは華族さま？　すっごーい。もし、結婚できたら玉《たま》の輿《こし》どころじゃないよ。黄金の輿、ダイヤの輿……ねえ、さくらも狙ってるんでしょ」

急に話を振られた内山《うちやま》さくら巡査は、びくりとした。交通課勤務、交番勤務を経て、つい先日、ようやく念願叶《かな》って刑事課に転属になったところだ。まだ見習いだが、狭き門をくぐり抜けた充実感で満ちている。

「私は……べつに……」

消え入りそうな声での反応に小麦早希は肩をすくめ、

「ノリが悪いわねえ。刑事だって人間なんだから、恋愛だって自由でしょ」

「それはそうですけど……私はああいうタイプは苦手です。どこにも隙がなくて……」

「そこがいいんじゃない。たしかに完璧《かんぺき》すぎるけど、あこがれるのは勝手よねえ」

「そうよねえ。じゃあ、さくらはどんなひとがタイプなの？」

「私は、ミステリアスなところがあるひとがいいです」

「だったら、芳垣さん、どんぴしゃりじゃない。神秘的で秘密めいてて……」

「そうでしょうか」

「芳垣さんよりもミステリアスなひとって、ほかにいる？」

「たとえば……えーと……鬼丸さんとか……」

「あはははは。ないない、ぜったいない」

「この子は、ほっとくしかないわ。――早希、五日間が勝負だからね」

「がんばろーね」

＊

奇妙な帽子をかぶり、黒い装束をつけたベニーは、左手に持った平たい棒状のもので誰かを打擲《ちょうちゃく》していた。相手は、打たれながらも、彼のことをあざ笑っている。

「ふふふふふ……ふふ……ふふふふふふ……」

忌まわしい笑い声が脳の中にハウリングのように響きわたる。

「この野郎！　この野郎！」

そう叫びながらベニーは相手を打ち続けるが、相手にはつゆほどもこたえていないようだ。その顔に見覚えがあった。ベニーが目を凝らそうとした時。

「おい、起きろ」

その一言で眠りは破られた。夢の内容は瞬時にして消え去った。

（嫌な夢だったな……何かどす黒いような……）

目をあけると、捜査一課の木槌警部が彼を見下ろしていた。彼も泊り込み組の一人だ。

反射的に腕時計を見る。午前三時。

「小松町《こまつ》五丁目で殺しだ。行くぞ」

小松町といえば、北御堂が殺されたマンションの隣接地区である。

ベニーは悪夢の残滓《ざんし》を振り払って立ち上がると、手早く服を着た。

「俺も今聞いたところで、詳しくは知らん。被害者は、千船正義《ちふねまさよし》二十歳。暴走族上がりで、未成年の頃に強姦《ごうかん》未遂で少年院に入っているが、出てきてからは特に問題は起こしていない。今は真面目にファミリーレストランで働いていたらしい。アパートの階段の踊り場に仰向《あおむ》けに倒れて死んでいるのを、同じアパートの住人が発見して、十分ほど前に通報があった」

「でも、どうして私たちが……。所轄の連中はともかく、私たちは北御堂事件専任のはずでは……」

「被害者はな……」

足早にパトカーに急ぎながら、木槌は言った。

「両眼を抉《えぐ》りだされ、左右を逆に入れられていたそうだ」

＊

深夜だというのに、現場は黒山の人だかりだった。ベニーは、現場保存を担当している制服警官に声を掛けると、アパートの入り口に張られたロープをくぐり、その場で靴を脱ぐと、階段を駆け上がった。

狭い踊り場に横たえられた青年の顔を一目見て、ベニーは思わず吐きそうになった。両目から噴き出したのであろう血と体液で、顔中がべとべとになっている。血の一部は階段を滝のように流れ落ちていったらしく、その先端は一つ下の踊り場まで到達している。首が妙に長く伸びているうえ、不自然な角度でねじ曲がっており、ベニーはロスで見た前衛舞踏家の踊りを連想した。

「扼殺《やくさつ》だな。首に十指の跡がくっきりついている」

「首を絞めている途中で、首の骨がへし折れたんだろう」

「斜めの筋がこれだけ残っているということは、首を雑巾《ぞうきん》みたいに両手で引き絞ったんだな」

鑑識課員たちがそう言い合っている。ベニーは場所を鑑識に譲って、血の痕《あと》を踏まないように階段を降りた。アパート前は、マスコミと近所の物見高い連中でごった返していた。ベニーは、鬼丸の姿を見つけ、こちらに来るようにと合図をした。

「ええっと……尾《つ》けますか」

「ああ」

「ほんじゃ……」

それだけの会話でＯＫだった。

ベニーが目をつけたのは、頭髪を緑色に染め、鼻にピアスをした十八歳ぐらいの若者だった。左耳の下から喉にかけて目立つ火傷《やけど》の跡がある。群衆に混じってアパートの入り口を食い入るように見つめていたその男が、死人のように真っ青な顔で立ち去ったのをベニーは見逃さなかったのだ。

現場検証は朝までかかった。緊急配備が発令されたが、犯人とおぼしき者の影はどこにもなかった。

隣接した地区で間を置かずに起きた手口の似通った殺人事件ということで、警視庁は二つの事件を同一の捜査本部の下で捜査する方針を決定した。

捜査にたずさわる誰もが一睡もしないまま、午前八時半から捜査会議が開かれた。

寝不足の目を赤く腫《は》らした木槌警部が、両事件の捜査方針をまず明らかにした。

「この事件は、被害者の両目を抉りだし、左右逆に入れるという猟奇的なものではあるが、そういった表面的な要素に目を曇らされないようにしてもらいたい。その点を除けば、これは隣接地区で起きた連続殺人事件ということだ。犯人は必ずこの地域のどこかに潜んでいる。通常のやり方で捜査を続けていれば、必ず検挙できるはずだ。――藤巻さん、何かありますか」

しかし、信じられん、を連発しながら頭を抱えている藤巻署長が役に立たないのは誰の目にも明らかである。彼は、北御堂殺しはただの強盗殺人で、そのあたりの線から事件は解決するだろうと高をくっていたのだ。

やむなく木槌警部は先を続けた。

「最初は鈍器による撲殺、今回は扼殺と、殺しの手口は違うが、そのあとの死体に対する行為を考えると、同一犯の犯行であろうと思われる。今回の事件が前回を真似た別人の犯行であるとは考えにくい。また、犯人は二件とも、深夜とはいえ人目につく場所で被害者を待ち伏せして殺害に及んでいることから、通り魔的犯行とも思えない。つまり、この連続殺人は、最初から被害者を狙った計画的犯行であると考えられる……」

そのあと、司法解剖の結果や、きのうの地取り捜査の成果などについて各捜査員から報告があったが、とくに目ざましい進展はなかった。

質疑応答の際、ベニーは手を挙げて言った。

「犯人は、なぜ両目を入れ替えたのでしょう」

基本的なことであるが、その理由を言い当てた者はいなかった。心理学者やホラー作家がワイドショーの画面に登場し、性的抑圧や悲惨な幼児体験、スプラッター映画の影響などもっともらしい理屈をこねていたが、いずれも想像の域を出たものではなかった。

「それは、異常者だからだろう。理由などないのでは」

一人の捜査員が言った。

「異常者には異常者なりの理屈というものがあるはずです」

ベニーは応《こた》えた。

「理屈がないから異常なのだ。常人の神経ならば、殺人を犯したあとで、目玉なぞくりぬいていたら、それだけ時間のロスになるし、痕跡《こんせき》を残すことにもなり、逃亡に不利になることぐらいわかるはずだ。目的を果たしたのだから、とっとと逃げればいい。それをのんびりと目玉を抉っているなど、異常だとしか考えられない」

「犯人の目的が、殺人そのものではなく、目を入れ替えることにあったとしたら、いかがですか」

「は？　どういう根拠があるのかね」

「何もありません。ただの思いつきです。しかし、私は、犯人がなぜ両目を入れ替えたかがわかれば、この事件の謎が解明できるのではないか、と考えています」

会議室内にしらっとした空気が流れた。

「他に何もありませんか」

木槌警部が言った。

「なければ、最後に一言申しあげたい。マスコミはすでに近年稀《まれ》に見る連続猟奇殺人事件として、センセーショナルに本件を取り上げており、犯人像についての憶測も乱れ飛んでいるが、捜査員諸君はそういった根拠のない意見におどらされぬよう、地道に捜査に励んでもらいたい。一見、接点のない両事件の被害者を結び付ける線さえ発見できれば、この事件は解決するはずなのだから」

木槌捜査本部長は、そう言って会議を締めくくった。聞きようによっては、ベニーの意見を否定した、ともとれる。

ベニーは、少し離れた机についている鬼丸をじっと見つめた。相変わらず寝ぼけたような表情でちびた鉛筆を弄《もてあそ》んでいる。

（食わせ者め……）

とベニーは思った。

ベニーは鬼丸から、現場を立ち去った若者は碓井純という名で、十八歳。地元の高校を卒業後、現在は駅前にある〈ジャスト・デザイナー学園〉という専門学校に籍を置いている、という情報を得ていた。

夜更けの尾行だけでも困難なのに、どこで経歴まで調べてきたのか……。

レトログッズ鑑定家北御堂武夫、ファミリーレストラン店員千船正義、専門学校生碓井純……この三人を繋《つな》ぐ糸を見つけ出すこと。それがベニーの今日の捜査の課題であった。

＊

その日の聞き込みも徒労に終わった。鬼丸は相変わらず無口で、胸襟をひらいて話をしようとはしない。ベニーは、ちょっと一杯どうかな、と誘ったが、

「今日は外出は控えたほうがいいんじゃないですか」

「わかってる。君の寮の部屋で缶ビールでも、と思ったんだ」

「酒は不調法ですので」

憮然《ぶぜん》とするベニーに鬼丸は、

「じゃ、お休みなさい」

そう言って背を向けた。

その夜、午前二時過ぎ。

鬼丸は、携帯電話を持って、ひそかに寮を出た。

以前は、事件を抱えている捜査員は、常に連絡がつく状態でいる必要があった。その日の勤務が終わっても、外出する際はどこに行くかを事前に申請し、居場所を明らかにしておかなくてはならない。事件がどのように急転するかわからないからだ。今は携帯電話があるのでいつも電話の側に張りついている必要はないが、捜査本部が設置されて間もない事件の捜査員が深夜に私用で出歩くというのはよほどの用件以外にはありえない。

十五分ほど歩くと、隣駅の繁華街の西端に出くわす。老朽化した雑居ビルが並ぶ横丁の一角に、〈スナック女郎蜘蛛《じょろうぐも》〉というピンク色の看板が掲げられた店があった。何の変哲もないただのスナックだが、どことなく鬱々《うつうつ》とした空気が漂う外観で、余所者《よそもの》を拒絶しているかのようだ。

このあたりの飲み屋はほとんど十二時には閉店する。この店も例外ではなく、入り口にはクローズドのパネルが掛けられている。しかし、鬼丸はためらうことなくその扉を押し、中に入った。

「あらあ、いらっしゃい」

カウンターで煙草を吸っていた和装のママが、パッと顔を輝かせて声をかける。化粧っ気のない顔に真っ赤な口紅が妙に生々しい。表情によって、二十代にも、三十代にも、四十代にも見えるが、某演歌歌手のように妖艶《ようえん》な色気を漂わせている。和服なのにはっきりわかるほどの豊乳で、口に手を当てて笑う仕草がなまめかしい。

「黒い訪問着に黒い帯か。葬式じゃあるまいし」

鬼丸がそう言いながらスツールに座ると、

「うふふ……黒が好きなのよ。店の名前も、ほんとは黒後家蜘蛛《くろごけぐも》にしたかったんだもん」

「知ってるよ」

グラスを拭《ふ》いていた中年のバーテンが、

「今の今まで、ママ、まるでやる気なかったんですよ。鬼丸さんの顔見たら、ころっと変わるんだから」

色の濃いサングラスをかけた、頰のこけた痩《や》せぎすの男だ。

「言わないの」

ママは、バーテンをぶつ真似をした。バーテンは拭き終えたグラスを布巾《ふきん》のうえに伏せると、

「まだ解決してなさそうですね。昨日、あたしが調べた学生の経歴は、お役に立ちましたか」

「恩にきる。これから役に立つはずだ」

鬼丸は棚から勝手にビーフィーター・ドライジンのボトルを取り、大きめのグラスに零《こぼ》れんばかりに注ぐと、喉《のど》を鳴らして一息で飲みほした。

「あいかわらず、いい飲みっぷりね」

ママが惚《ほ》れぼれしたように言うと、

「酒に強いのだけが取り柄だ」

「あら、強いのはお酒だけ？」

「ほかになにかあったかな」

そう言ってにやりとした。その態度には傲岸《ごうがん》さと自信が溢《あふ》れており、昼間の控えめで地味な様子は微塵《みじん》もなかった。引き締まった顔つきは凜々《りり》しく精悍《せいかん》で、笑うと愛嬌《あいきょう》のなかに秘めた殺気が感じられた。

「二人の人間が相次いで殺された。殺人の動機も目を入れ替える理由もわからない。犯人はおそらく次の獲物を狙っているはずだ。どうしてもそれを防ぎたい。二人の被害者の間にあるはずの何らかのつながりが見つけられれば、事件の全体像が見えてくると思うんだが……」

鬼丸は二杯目のグラスをほした。まるで、水だ。

「愉快犯ってやつじゃないかしら。ほら、事件を起こして、人が騒ぐのを陰から見て喜ぶような連中がいるじゃない。目玉を入れ替えたのも、単に他人の関心をひくためかもしれないわよ。それなら、二人の被害者につながりはないわね」

「そういった犯人は自己顕示欲が強いから、犯行声明を送りつけてきたり、メモが置いてあったりするものだが、今のところそれはない。もう一つ考えられるのは……」

「あれの仕業、ですか」

とバーテンが言った。

「そのへんを確かめたくて、ここへ来た。——旦那《だんな》はまだか」

鬼丸はうなずいた。

「来る時はいつも二時過ぎには来るんだけど、毎晩というわけじゃないから……」

その時、入り口がそっと開き、ステッキを持った背の低い老人が入ってきた。その瞬間、店の中が少し暗くなった。まるで、彼の背中から目に見えない闇が溢れ出しているかのようだ。

ひょろりとした身体に比して、頭の鉢が不釣り合いに大きい。残り少ない白髪をていねいに撫《な》でつけ、趣味のよい洋服を着こなしている。顔はつるつるで皺《しわ》一つないが、七十歳はとうに越しているだろう。どこかの企業の隠居した会長といった風だが、この時間帯に出歩いているというのは不思議議である。

「ほほほう、ほう、これはこれは……」

老人は細い目を一層細めると、

「お珍しや。鬼童丸《きどうまる》さんじゃないか」

「その名で呼ばないでくれ。俺は……」

「むふふふふ。そうそう、今は鬼丸三郎太さんだったな。久しく顔を見なんだが、仕事が忙しいのかね」

「そのことで旦那の知恵を借りにきた。この界隈《かいわい》で最近起きている殺しについて知っているか」

「もちろん。だが、最初に殺された何とかいう男……レトログッズの鑑定家とかいうのは何のことかね」

「あのですねえ……」

バーテンが口を挟んだ。

「古いブリキのロボットとかビニール製の怪獣のおもちゃ、カルタ、怪獣図鑑、マンガ、ソノシート、スナック菓子のおまけのカード……そんなもんが、今、高く売れるんっすよ。こないだ吉祥寺《きちじょうじ》のそういうショップに行ったら、〈仮面グライダー〉のカードが一枚五万円ですよ。ああ、いっぱい持ってたのに、捨てなきゃよかった」

「古くて希少価値があるから高額になっているわけだな」

老人は、くくく……と笑い、

「古くて希少価値か。ここにいるわしらのようなものだな」

皆、笑ったが、鬼丸は笑わなかった。彼は、老人の顔をのぞき込むと、

「目を抉《えぐ》りだし、左右を入れ替えるようなあれに心当たりはあるか」

「ない」

老人は即答した。

「そうか……。となると……」

鬼丸は気落ちしたように下を向き、再びグラスをあおると、ママとバーテンに向かって頭を下げた。

「とにかく、最初の事件の被害者北御堂武夫と昨日の事件の被害者千船正義、それに、これはハズレかもしれないが現場で挙動不審だった碓井純という専門学校生のつながりを知りたいんだ。また、協力してくれ。——頼む」

「そりゃあ、鬼丸さんの頼みだからね」

しばらく沈黙がその場に満ちた。黙って二本目のジンを口にしていた鬼丸は、思いついたように言った。

「警視庁からアメリカ帰りの刑事がうちの署に研修に来てる。ロス市警察のハリウッド署で勤務していたそうだ」

「男前？」

ママの問いに、鬼丸はうなずいた。

「ハーフで、モデルみたいな色男だ。ママの好きなタイプだろ」

「あっら、私は鬼丸さん一筋よ」

ママの口調は冗談めかしてはいるが、どこか真面目さが感じられた。

「まえに、男は結局顔、イケメン以外は男じゃない、って言ってなかったか」

「鬼丸さんもイケメンだわ。苦み走ったいい男」

「へっ」

鬼丸が鼻で笑うと、バーテンが決めつけるように、

「色男にろくなやつはいねえすよ。どうせそいつも顔と経歴を鼻にかける嫌な野郎でしょ」

「いや……そうでもないんだ。うちの署に、いや、日本中の警察にごろごろしている無能な刑事たちに比べたら、やる気も、行動力も、判断力もある。俺は……かなり気に入ってる。ある点を除けばな……」

「何かね、それは」

「やつは……だ」

再び沈黙が店内を覆った。

しばらくして、老人が言った。

「そりゃ……まずいのう……」

「鬼丸さんの素性、知られちゃったんじゃないの」

「いや、そこまでは……。だが、目はつけられているみたいだ」

「まずい……そりゃ何ともまずい……」

老人は、まずいを繰り返す。

「そうなんだ。簡単な封じの術も心得ているらしい」

そう言って、鬼丸は胸もとの焼け焦げを示した。ママが真っ青になって、口に手を当てたが、鬼丸が胸筋にぐっと力を入れると、火傷痕《やけどあと》はみるみる消え失《う》せた。

「そいつは、自分がいったいだれを相手にしてるかわかってないんでしょう。知ってたら下手に封じの法なんぞできないはずだ。なにしろ鬼丸さんは……」

バーテンの言葉をさえぎるように、鬼丸は言った。

「……としての手腕がまだ未熟なので助かったが、この先、どうなるかわからないからな……」

ため息をついた鬼丸は、二本目のボトルを空にした。

＊

「昨日、どこにいた」

眠そうに目をこすりながら鬼丸が廊下の端にある自動販売機で缶コーヒーを買おうとしているところをつかまえ、ベニーが不機嫌をあらわにして言った。

「へ？　ずーっと部屋にいましたよ。一歩も出てません」

「私に嘘をつくのか。夜更けに君の部屋をたずねたんだ。何度もノックしたが、返事がなかった」

「昼間の疲れでぐっすり眠り込んでたんでしょう。あはははは」

ベニーは右手を拳《こぶし》に握り、

「いい加減にしろ！　もう少し腹を割って話をしてくれ。これでは仕事にならない」

「でも……自分を相棒に選んだのは、警部殿ですよ」

ベニーは、奥歯を嚙《か》みしめて怒りを堪《こら》えた。

「そうそう。ところで、あの二人のつながりが何となくわかってきましたよ」

鬼丸が思い出したように言った。

「本当か！」

ベニーの声は知らず大きくなった。

「ええ。えーっと……高校生の頃、千船正義は、学校近くの〈ジンタ〉という喫茶店に入り浸ってたようです。そこは、アニメファンとか特撮ファンが集まるようなオタク喫茶だったんですが……経営者は北御堂の大学時代の友人だそうです。その店を接点にして千船と北御堂が知り合っていてもおかしくはありません」

「よし。喫茶店の経営者を任意で聴取しよう」

「〈ジンタ〉は一年前に閉店しました。彼は関西に帰ったようです」

「そうか……。おい、一日でどうやってそこまで調べたんだ」

「いや、まあ、何ていうか……そのあたりの事情に詳しい知り合いに聞いたんです」

「そんな都合のいい知り合いがいるものか。ガセじゃないだろうな。裏は取れているのか」

「いいえ」

鬼丸はあっさりと言った。

「ですが、これから捜査員全員で調べればすぐに確認できることです」

「……………」

ベニーは、鬼丸という男がこれまでなぜ何の功績も上げていないのかわかったような気がした。彼は、聞き込んできたネタを惜しげもなく捜査本部に公開してしまうのだ。これでは個人の手柄にはならない。

「今の話は私の腹におさめておこう。今から二人で裏を取れば、君の功労にできる」

「お断りします」

鬼丸はそう言ったあと、困り顔になり、

「あの……自分はその……そういうことは迷惑なのです」

はっきりとそう言った。

「いや、しかし……」

「話はまだ続きがあるんですが……聞きたくないわけですね」

「何だと……」

ベニーは顔を怒りに引きつらせたが、すぐに肩を落とし、鬼丸の手から缶コーヒーをひったくって飲みほした。

「わかった。今日の捜査会議の前に、藤巻署長の耳に入れておこう。それでいいな」

「はい。よろしく」

刑事はそれぞれ自分だけの情報源を持っている。だが、それを他の刑事に教えることはない。情報源が定かでないタレ込みや金で買った情報で、警察が動くことは稀《まれ》ではないのだ。

「えーとですね……千船は、たしか三年前に強姦《ごうかん》未遂の主犯格として逮捕され、少年院送りになっていますね」

「ああ、その時の調書は私もざっと見た」

「他にも何度か補導されているはずです。それに関する資料が見たいのです」

「当時の所轄署の少年課からコピーをもらおう。だが、それで何がわかる」

「私が知り合いから聞いた話では……その頃、千船はオタクグループのリーダー格で、つるんでいた仲間の中には喉《のど》に火傷の跡がある中学生がいたそうです」

「あいつか」

ベニーは、現場から立ち去った若者の顔を反射的に思い浮かべた。

「さああ、それは何とも……」

そう言って、鬼丸は頼りなげに笑った。

＊

ベニーたちは、その日の昼前には殺された千船の前歴に関する詳しい資料を入手することができた。

二人は、会議室の一つでそれらに目を通した。

「あら」

と、鬼丸が言った。

「これですねえ……たぶん」

そう言って、彼が差し出した書類には、次のような事件について記されていた。

一九九五年四月十四日午後九時頃、千船正義（十七歳）他三名が東京都〇〇区の路上を通行中、小林〇〇（五十一歳）宅前にて、長女典子《のりこ》（二十三歳）が入浴中の浴室の窓ガラスを千船正義が石を投げつけて破損せしめた。小林氏並びに妻〇〇（四十九歳）は他出中であったが、居合わせた小林典子の婚約者、猪山和彦《かずひこ》（二十七歳）によって一一〇番通報されたが、説諭のみにて帰宅させる。

その書類のどこを探しても、石を投げた本人である千船正義以外の三人の名前は書かれていなかった。

ただし、当時担当だった警官が個人的に書いたものと思われる鉛筆の走り書きが、書類の欄外に薄く残っていた。すなわち、「小林典子、一週間後に焼身自殺」と。

＊

午後、ベニーと鬼丸は、碓井純を訪問した。

彼の親は著名な政治評論家だ。専門学校へ通うには自宅からでは遠いので、彼は親にねだってワンルームマンションを購入してもらっていた。

せっかくのきれいな部屋が壁から天井からびっしり張りめぐらされているウルトラ怪獣のポスターで台無しになっている。DVDはおそらく千枚はあるだろう。緑色のジャージを着て、ちょぼちょぼとした無精ひげを生やした碓井は、ベニーが警察手帳を見せた時から、おどおどと落ちつかない様子だった。それは、警察というものに対して一般人が示す脅え方を超えているように思われた。

ベニーは単刀直入に言った。

「おとといの深夜、小松町のアパートで千船正義という男が殺された現場で君を見かけたんだが……」

「あ、あんた、ガイジンだろ。ほんとに警察なのか」

「私はハーフだし、国籍は日本だ。さっき手帳を見せたが、それだけでは不十分かな」

「う……ま、いいや。でも、ぼくが殺したと思ってるんなら、大きな間違いだよ」

「じゃあ、何をしに来ていたのかな」

「単なる野次馬だよ。ぼくは物見高いんだ」

あらかじめ考えてあったような答が返ってきた。

「そうかい。北御堂が殺された時には見物に行かなかったのか？」

「いったい何のこと？　そんな人、ぼくは、し、し、し、知らないよ」

碓井の顔色は真っ青だ。癖になっているのか、喉の傷跡を爪で掻《か》きながら、鼻のピアスを何度も指で擦《こす》る。

「君は、中学生の頃、殺された千船とオタク仲間だったそうだね。よくつるんで悪さをしていたそうじゃないか。千船はどんなやつだった」

「ひどい野郎だったよ」

碓井は吐き出すように言った。

「あいつは強姦魔さ。いい女と見れば、すぐにやっちまうんだ。——殺されて当然だよ」

「君もそのおこぼれにあずかったことがあるんじゃないのか」

「…………」

「千船を殺した相手の心当たりがあったら教えてくれ」

「わからない……あいつがやった女の一人かも……」

「具体的に名前を挙げてほしいんだ」

「知らないよ、名前なんか。夜道でいきなり襲いかかって、やっちまうっていうパターンだったから……」

「君は黙って見ていたのか。それは立派な犯罪だよ」

「刑事さん、ぼくは……ぼくは被害者なんだよ！　いつも、あいつらに脅されて、小突き回されて、殴られて……パシリとか、嫌なことばかりやらされて……」

「あいつら？　千船の他には誰がいたんだ」

「…………」

「君は、本当に北御堂のことを知らないんだね」

「知らないって言っただろ！」

「わかった……」

ベニーは腰を上げた。

「何か思い出したら、ここに連絡してくれ」

名刺を若者に手渡し、部屋を出ていこうとした時、今まで貝のように黙っていた鬼丸が、突然口をひらいた。

「嘘をつくと……舌が腐るぞ」

これまでベニーの前では聞かせたことのない、低く、ざらついた声音だった。犯罪者の脅しには慣れているベニーまでが背筋に寒けを覚えたほどの迫力があった。

「う、嘘なんか……つ、ついてないよ」

「千船が風呂場《ふろば》のガラスを割って、女をやろうとした時に居合わせたのは、おまえと、あと誰だ？」

言いながら、鬼丸の視線は碓井の目と目の間を突き破っていた。碓井の顔色は、みるみる青から白に変じた。膝《ひざ》に置いた手が震えだした。

「何の……ことだよ……」

「言いたくなけりゃ言うな。だが……次はおまえの番だ」

鬼丸は、碓井の肩に手をのせた。青年は、その手が焼けた鉄塊ででもあったかのように身体をびくんと突っ張らかした。

＊

内側から鍵《かぎ》をかけ、電気を消した会議室の床に、ベニー芳垣は一人で端座していた。服は普段着のままだが、頭に立烏帽子《たてえぼし》をかぶり、手には笏《しやく》を持っている。目の前には、奇妙な図形の描かれた白い布が敷かれ、その上に、四角い板の中央がドーム状に盛り上がった銅製の器具が置かれている。

空気の動きが見えるほど濃密に薫《た》きしめられた香の微《かす》かな芳香が、鼻腔《びこう》を撫《な》でていく。

「ああ、見通しせんたまいや、見通しせんたまいや」

ベニーの声は普段よりも低く、床を這《は》うようだ。

「東海の神、名は阿明《あめい》殿、西海の神、名は祝良《しゆくりよう》殿、南海の神、名は巨乗《きよじよう》殿、北海の神、名は禺強《ぐきよう》殿、四海の大神様方、我に吉凶をしらしめたまえ。ああ、見通しせんたまいや。

見通しせんたまいいや！」

絞り出すような悲痛な声でベニーは呪文のような言葉を吐き続けたが、そのうちに顔色が蒼白《そうはく》となり、全身が小刻みに震え出した。

（明日が五日目……私の負けか……）

ベニーは、顔中に細かな汗を浮かべながら低く呻《うめ》くと、床に突っ伏した。敗北感が身体中の細胞を満たしていた。

（ここで負けるわけにはいかん）

立ち上がると、笏を胸もとで構え、

「臨兵闘者皆陣列在前《りんぴょうとうしゃかいじんれつざいぜん》……！」

九字を切りながら、左右に揺れるような歩き方で前進した。九歩進んでは方角を変え、また九歩進むことを繰り返す。

「これ、水火既済の理《ことわり》なり。これ、水火既済の理《ことわり》なり。踏み破るべし。悪しきもの踏み破り、踏みにじり、踏み脅し、踏み殺すべし。ああら、四海の大神様方、我に吉凶をしらしめたまえ。見通しせんたまいや。見通しせんたまいや……」

しばらくその動作を続けていたが、やがてあきらめたのかその場に座り込み、笏を放り出した。ため息をつく。

さっき署長室を訪れ、藤巻に研修期間の延長を申し出たがやんわりと拒否された。木槌警部にも嘆願してみたが、

「おまえは、ここに所轄の現状を見るための研修に来ているのであって、忌戸部署の署員じゃあない。警視庁捜査一課の人間だ。おまえを必要とする事件は他にいくらでもある。それを忘れるな」

そう釘《くぎ》を刺されてしまった。

ベニーがハリウッド署の慰留を振り切って帰国したのは、七年間学んできたアメリカ流の捜査方法と、彼の家業を融合させた新しい犯罪捜査システムを完成させるためだ。ベニーには自信があった。それを用いれば、狭い島国で起きるちまちました事件なら、たちどころに解決できるはずだ、と考えていた。しかし、現実は甘くなかった。

がちゃり、と音がして、ドアが開いた。

「誰だ」

ベニーは、ぎくっとして振り向いた。

「あのお、警部殿……」

扉の間から、鬼丸の顔がのぞいていた。あわてて烏帽子を脱ぐ。

「受付から電話で、ご面会の方が来られてるそうですが、ここへお通ししてもいいですか」

ベニーは急いで立ち上がり、

「だ、だめだ。私の方が行く。下の応接に入ってもらうように言っといてくれ」

彼は、部屋の中を鬼丸の目から身体で隠すようにして部屋を出ると、後ろ手にドアを閉めた。

階段を駆け降りていく鬼丸の背に向かって、

「客は誰だ」

「あは、言ってませんでしたか。――碓井純です。芳垣警部に何やらお話があるとか」

ベニーを見上げて、尖《とが》った犬歯を見せて笑うと、鬼丸は再び階段を早足で降りていった。ベニーはしばらくぼうっとしていたが、やがて我に返って歩きだそうとしたとき、

(会議室のドアには内側から鍵をかけていたはず……)

そのことに思い至った。

＊

「ごめんなさい、嘘をついていました」

碓井は、絞り出すように言った。言葉遣いも微妙に変化している。

「ほんとは、あの時のことはよく覚えてるんです……」

「あの時？」

「千船が風呂場のガラスを割った時のことです。ぼく……一緒にいたんです」

「やはりそうか。どうして急にしゃべる気になったんだ」

「昼間、もう一人の刑事さんが言ってたでしょ。次はおまえの番だって……。あれ、マ

ジでしょうか」

　碓井は泣きそうな声で言った。

「さあ……そういう可能性もある、ということだ。だが、洗いざらい知ってることをしゃべるなら、警察は決して悪いようにはしない」

「ぼく……怖いんです。あの頃の知り合いが二人もあんな殺され方をして……」

「君は、北御堂のことを知らないと言っていたな」

「あれも嘘なんです……すいません……」

　鼻ピアスの若者は消え入りそうな声で言った。

「あの二人とはどういう関係なんだ」

「ぼく……中学三年の頃、学校が面白くなくて……学校の近くにある〈ジンタ〉っていう喫茶店に毎日入り浸ってたんです。タバコ吸ったりしたこともあるけど、あの……それって罪になるんですか……」

　ベニーは怒鳴りつけたくなるのを懸命にこらえ、

「心配いらない。あとで説明してあげるよ。それで？」

「〈ジンタ〉は、オタクのたまり場みたいな店で、アニメファン、特撮ファン、マンガファンなんかが集まってました。ぼくは、大伴昌司《おおともしょうじ》の古い怪獣図鑑を集めてたんです。その店で、同じようなものを集めてた千船と知り合いになって……。最初はお互い、持ってないものを交換したりしてたんだけど、だんだんあいつ本性あらわして……いつのまにかあいつの子分みたいにされて、嫌なことをいろいろさせられるようになって。シヨップ行って高いムックを万引きさせられたり、金もせびられるし、断ったらぼこぼこにどつかれるし、家にまで押し掛けてきて、勝手に飲み食いしたり、タンスからパパの金とか株券を持ち出したりして……」

「はっきり縁を切ればいいだろう」

「とんでもない！　あいつは北御堂の知り合いのカメラマンで、遠山っていうやつと仲が良くて、いつも兄貴、兄貴って慕ってたんだけど……」

「何？」

ベニーの目が輝いた。

「え、ぼく、何か言いました？」

「何でもないよ。続けて」

「遠山は、とんでもないやつだったんだ。カメラマンどころか、ほとんどやくざだよ。一度、別のやつが千船に仲間を抜けたいって言ったら、遠山がそいつを半殺しにしたんだ。折れた肋骨《ろっこつ》が肺に突き刺さって……一命はとりとめたけど一生寝たきりになって……鼻と顎《あご》の骨を折られて、顔の形が変わっちまったやつもいるよ。しかたなかったんだ！　ぼくは……ぼくは死にたくなかったから！」

碓井の声がヒステリックなまでに高まった。

「北御堂だって、今でこそレトログッズ鑑定家とかいってるけど、あの頃は、〈ジンタ〉の常連客を食い物にしてた。コミックの表紙だけ付け替えたり、再版を初版に見せかけたりしてマニアをだまして、安物をめちゃめちゃ高く売りつけてた。あとで文句が出たら遠山にぼこぼこに殴らせて黙らせるんだ。ぼくも……殴る側の一員だった」

ベニーは話題を変えた。

「で、ガラスを割った時のことだが……」

「あの時、千船と一緒にいたのは、ぼくと北御堂、それに遠山の三人でした。千船が何気なくその家の窓を見ると、そこは風呂場《ふろば》で、女がシャワーを浴びてるのが曇りガラス越しにわかったんです。千船が石でガラスを割り、窓から中に入ると、風呂場にあの女がいて、タオルで下半身を押さえながら泣き叫んでたんです。『来ないで！　来ないで！』って。ハンキョウランっていうんですか……その様子があんまり必死なので、ぼくは許してやろうよって千船に言ったんだけど、あいつ、『来るなと言われたら行かないわけにいかねえだろ』って……」

碓井を除く三人は（実際は碓井も参加していたのだろうが）泣き叫ぶ女を浴室の床に押し倒し、四肢を押さえつけたという。じっくり見ると、なかなかの美形でスタイルもよく、それが豊かな胸を上下させてもがく姿に興奮した遠山は、二、三発平手打ちを食らわせた。女はうつぶせになってぐったりした。

タオルを取り去ると、北御堂が素《す》っ頓狂《とんきょう》な声を上げ、

「ひーっひひひひ。おい、こいつ、見てみろよ！」

そう言って、女の下半身を指さした。残りの三人の視線がそこに集中した。女の腰から下は、長さ三、四センチの茶色い体毛で覆われていた。それだけではない。女の尾てい骨のあたりから、同じく茶色い毛で覆われた、太さ三センチ、長さ三十センチぐらいの尾が伸びていたのだ。

「有尾人だな、こりゃ……」

北御堂は大声でそう言うと、笑った。

「へええ、小栗虫太郎《おぐりむしたろう》だな。本当にいるとはねえ」

と遠山。

「北御堂さん、どうする、やっちまうかい」

千船の問いに、北御堂は苦笑して、

「ばか。こんな猿みたいな女とできるか。それより、遠山。写真だ、写真。売れるかもしれんぞ」

北御堂に促され、遠山は数枚の写真を撮った。

「その時、『典子から離れろ』という声がしたんです」

碓井は続けた。

「顔を上げたら、浴室の入り口に顔面真っ赤にした男が立っていて、『出ていけ、クズども！　たった今、一一〇番通報したぞ』って言うんです。ぼくはあわてて窓から庭に飛びおりたんですが、遠山がその男に言った捨て台詞《ぜりふ》が聞こえました。遠山は、『おまえの女かい。警察に何かチクったら、この写真、写真週刊誌に持ち込んでやるからな。いいかっこすんなよ、色男。うふふ……でも、おまえも物好きだなあ、こんな猿女を……』そう言ったんです」

「………」

「結局、ぼくと北御堂と遠山は駅の方に、千船は国道の方に逃げたんですが、千船一人がパトカーに捕まりました。でも、風呂場のガラスを割っただけ、と言い張ったら、警察ですごく叱られただけで済んだって言ってました」

「他の三人の名前は出さなかったのか」

「そんなことしたら、遠山に半殺しにされますよ。ね、ねえ、刑事さん……あの尻尾《しっぽ》のある女が北御堂と千船を殺したんだと思いますか。だったら、ぼくも……。助けてくださいよ、刑事さん」

「………」

「でも、どうして目玉を逆さまにするんだろう。だいたい、たかが裸を見られたぐらいで人を殺すなんて普通じゃない。絶対、異常ですよね。ぼく、そんなやつに殺されたくない」

「おい……」

ベニーは、両手で碓井の胸ぐらを摑《つか》むと、ゆっくりと引き絞った。

「い、痛い……痛たたた……何するんですかっ」

「君は、身体の痛みはわかっても、人の心の痛みはわかっていないようだな」

「く、く、苦しい……やめて……」

「たかが裸を君たちに見られただけのその女は、二週間後に焼身自殺したよ」

ベニーは、碓井の身体を持ち上げると、側のソファの上に放り出した。碓井は、ぜいぜいと荒い息をつきながら喉《のど》をさすっていたが、

「暴力警察！　パパに頼んで、雑誌で叩《たた》いてやるからな！」

「それなら、身の安全もパパに守ってもらえ。今夜あたり、犯人が君の帰りをマンションの部屋の前で待っているかもしれないな」

「市民を守るのは警察の義務だろ」

「税金も払っていないくせに大きな口をきくな。おっと、どこへ行く」

ベニーは、部屋から出ていこうとする青年の襟首を掴むと、

「今夜はここに泊まってもらうよ。これ以上死人が増えたらこっちも迷惑だからな」

そして、碓井を再びソファに突き倒すと、応接室を出て、外から鍵《かぎ》をかけた。そこに立っていたのは、鬼丸だった。彼はにこにこ顔で言った。

「うーん……なかなかやりますね、警部殿」

「聞いてたのか。ちょっと腹にすえかねてね。とりあえず今晩は安全のためにここの留置場に入ってもらおう。留置係に言っておいてくれ」

「了解」

「だが、これで、何となく全体が見えてきたな。私は、明日でこの事件を離れなければならない。犯人を挙げずに本庁に戻るのは不本意だが……あとは君たちに任せるよ。――今夜、会議が終わったら、例の店で一杯飲《や》らないか。明日の晩はどうせ署長が一席設けているだろうから、そっちへ顔を出さないといけない。だから、今日、お別れにな」

「例の店というと？」

「〈スナック女郎蜘蛛〉だ」

「ふふ……鎌を掛けてもだめです。自分はそんな店は知りません。それより、今夜は自分たちは他に行くところがあるはずでしょう」

「ま、そうだな……」

「自殺した小林典子の婚約者だった猪山和彦ですが……」

「消息がわかったか」

「十日ほど前に、亡くなってます。病死だそうです」

鬼丸がそう言った時、背後の応接室のドアが内側から乱暴に叩かれた。

「あけろ、あけやがれ、ポリ公！　パパが知ったらただじゃすまないぞ！」

＊

相次ぐ猟奇殺人の影響で、忌戸部署の管内では午後十一時を過ぎるとほとんど人通りがなくなっていた。もともと都内としては夜の早い地域ではあるが、盛り場も商店街も毎夜早々にシャッターをおろすのがここ数日の習慣となっていた。

しかし、そういう時に限って飲みにいきたい、という天《あま》の邪鬼《じゃく》なやつらもおり、数軒の飲み屋はそういった連中で賑《にぎ》わっていた。

「また、来るよ」

相撲取りといっても通用しそうなほど大柄の男が、よろよろと一軒の居酒屋の中から現れた。

「だいじょうぶですか。マンションまでお送りしますよ」

「それには及ばない。俺は、それほど酔ってない。心配いらない」

「じゃあタクシーを呼んで……」

「マンションはすぐ近くだ。歩いたほうが早いさ」

「そうですか……でも、最近は物騒な事件が多いですからね。ご用心なすってくださいよ」

「君は俺に意見する気か」

「い、いえ、とんでもありません」

「心配いらないって言ってるだろ」

男は、千鳥足で夜道を歩きだした。

「じゃあ……お疲れさまでした。写真集のタイトルは『愛のアニマル・ヒーリング』ということで」

「ああ」

「明日の昼過ぎにお電話入れさせていただきます」

「だめだ。明日は馬があるだろ。夕方以降にしてくれ」

「あ、そうか。わかりました。お休みなさい」

「お休み」

雨も降っていないのに、夜道はじっとりと濡《ぬ》れ、革靴の裏にへばりつくような厭《いや》な感触がある。酔いのせいか、なかなか足が進まない。この一帯だけに目に見えない濃厚な靄《もや》が立ちこめ、それに押し返されているようだ。

「鬱陶《うっとう》しいなあ……」

男は、痰《たん》を立て続けに吐くと、のろのろと象のような足取りで歩く。しばらく行ったところで、午後十一時を過ぎても販売しているビールの自動販売機を見つけて缶ビールを二本購入した。

「でも……いったいどこのどいつが北御堂を殺したんだろう……。その筋の連中とも最近は揉《も》めてないし、万が一、あいつらだとしても、目玉を入れ替えるというのがよくわからん。イカレたやつの仕業だとは思うが、千船まで殺られたというのが気になるな……」

男……遠山明は、缶ビールを飲みながら自分のマンションの前まで来ると、かたわらのボードに部屋番号を入力し、妻が入り口のオートロックを解除してくれるのを待った。

「考えてみたら、今の時期に北御堂が死んだのは、俺にとっては好都合だったかもしれないな。これまでは折半だったが、これからは全部丸取りだ。ルートはできあがってるし、ノウハウもだいたいわかった。高尾さんのとことの取り引きも、俺が一手に引き受けることになった。捜査情報はみんな前もってわかってるから、警察の動きにビビる必要もない。万事結果オーライってわけだ。——明日の競馬もこううまくいきゃいいが……」

遠山は、飲みおえたビール缶をその場に捨てると、もう一つのビールに口をつけたと。

植え込みの陰から何か黒いものが飛び出し、遠山の背中に体当たりを食らわした。遠山は不意をつかれて、前にのめった。マンションの玄関前の石畳に巨体がぶざまに転倒した。顔が石畳に擦《こす》れて、あちこちが擦りむけた。

「く、糞《くそ》ったれ。誰だ……誰だ！」

遠山は、必死で起き上がろうとしながら怒鳴った。

「のんちゃんの……かた……き……」

目の前に立つ影が、低い声でそう言った。どうやら若い男らしい。色白で、遠山よりも肥え太ったその男の顔に、遠山は全く見覚えがなかった。だが、その男の全身からは、名状しがたい暗くどろどろした怨念《おんねん》のようなものが立ちのぼっている。

「お、おい、人違いするなよ。俺は動物写真家の遠山だ……」

言いながら、ふと男の右手を見た遠山の顔が引きつった。男は、刃渡り二十センチほどの出刃包丁を握っていたのだ。

「お、俺は、君を知らないし、のんちゃんとかいう人の仇《かたき》呼ばわりされる覚えもないぞ。誰かと間違ってないか」

「兄ちゃん……死んだ……」

「何だと」

「兄ちゃん、死ぬ時、俺に言った……のんちゃんの身体……見たやつら……のんちゃんを殺したやつら……そいつら全員……殺してやりたいって……のんちゃんの裸を見たそいつらの目を……逆さまにしてやりたいって……」

淡々と言う男の顔には表情というものがなく、それがいっそう不気味だった。

「何言ってるんだ」

「兄ちゃん……病気で死んじまったから……俺……兄ちゃんのかわりに……のんちゃんのかたき討つ……おまえを殺して……目玉を逆さまに……」

「ちょっちょっちょっと待って。俺は……」

遠山は立ち上がろうとしたが、腰をしたたかに打ったとみえ、足に力が入らない。男は遠山の左胸目掛けて包丁を思い切り突き出した。遠山は俵のように転がってそれをかわしたが、顔には血の気がない。

「たす……たす……」

助けてくれ、と言いたいようだが、言葉にならない。男が出刃を遠山の頭上に振りかざした時、遠山の右手がふところから滑り出た。大型のジャックナイフが外灯を受けてぎらりと光った。太った男の右手の指数本が包丁とともに地面に落ちた。噴き出した血がマンション名を刻んだ白い板を赤く染めた。

「こうなったらこっちのもんだ。正当防衛で通るだろう。こいつ、殺してやる」

遠山はナイフをうずくまる男の背中に突きつけた。

「痛いよ……痛いよお……」

男は泣きながら右手をしゃぶっている。

「何がのんちゃんだ。わけのわからんこと言いやがって。——死ね」

遠山がナイフを突きだそうとした瞬間、横合いから腕が伸びてきて、彼の手首をつかんでひねりあげた。

「な、何だ。何するんだ」

遠山は悲鳴をあげ、ナイフを取り落とした。ベニーがそれをハンカチに包んで拾い上げ、もう片方の手で警察手帳を出した。

「遠山明。殺人未遂の現行犯で逮捕する」

「何言ってるんだ。俺は……俺は被害者だぞ！　そこにいるやつに殺されるとこだったんだ。早く捕まえてくれ。逃げられたらどうするんだ」

「彼はもう逃げないよ」

ベニーは、遠山の腕をきめていた鬼丸に、もういいぞ、と声をかけ、遠山の手首に手錠を嵌《は》めた。

鬼丸は、巨体を丸めるようにして未《いま》だに泣きじゃくっている男の広い背中をそっとさすり、

「すぐに救急車が来る。それまで、俺が血止めをしてやるよ、猪山健太《けんた》君」

泣いていた男は、名前を呼ばれて、怪訝《けげん》そうに鬼丸を振り返った。その顔は、数日前にベニーと鬼丸が入ったラーメン屋で店主にののしられていたあの店員のものだった。

＊

「猪山は、全て話してくれました」

取調室から出てきたベニーは、木槌捜査本部長に報告した。翌朝になってから、猪山健太の本格的取り調べがはじまったが、ベニーたち担当刑事が拍子抜けするほど、彼は何でも隠さずにしゃべった。

全ては三年前の事件が発端なのであった。

小林典子は、生まれつき体毛が濃く、尻《しり》に尾が生えていた。医者は、ある程度の年齢になったら手術をするようすすめたが、典子の両親は外聞をはばかり、自分の娘がそう

いう身体であることを世間にひた隠しにした。それが、結局、典子を苦しめることになった。

恋愛をすることもできず、自分の殻に閉じこもったままの典子の前に現れたのが、猪山和彦だった。和彦の優しさに典子ははじめて少しだけ心を開き、自分の身体のことを思い切って打ち明けた。和彦は、俺は外見を気にするような男じゃない、と言い切り、その後、二人は婚約した。あと二週間で式を挙げるという時に、あの事件が起きた。四人が去ったあと、典子は部屋に閉じこもり、何も飲まず、何も食べなくなった。

「私……見られてしまった……もうおしまいよ……」

和彦がいくら慰めても、うつろな表情でそう繰り返すだけだった。遠山の「警察にチクったら写真を週刊誌に持ち込む」という捨て台詞《ぜりふ》のせいで、警察に何も言わなかったため、四人には何の咎《とが》めもなかった。そして、結婚式の当日の朝、庭で灯油をかぶって火をつけ、自らの命を絶った。和彦はショックで倒れ、寝たきりの生活になった。以来、彼はうわごとのように、

「あの四人を俺は許せない。あいつらが典子を殺したんだ。写真を握られている以上、警察には頼めない。身体が動けば、この手であいつらを殺してやるのに……」

健太の前でそう言って涙を流した。

健太は彼の七歳下の弟で、精神的に幼いところがあるが、純真で優しい性格で、兄弟仲は非常に良かった。また、典子も健太を実の弟のようにかわいがり、健太も典子を

「のんちゃん、のんちゃん」と呼んで慕っていた。

「あいつらが典子の裸を見たから、典子は自殺したんだ。あいつらの目をくりぬいて、逆さまにしてやりたい。二度と、景色が見られないようにしてやりたい」

和彦は、興信所や探偵社などを使って、典子を襲った四人の身元と顔写真を入手していた。いつか復讐《ふくしゅう》する日を夢見てのことだったが、その願いは果たされなかった。

自由にならぬ身体を、くやしい、くやしいと言い続けていた和彦は、十日ほど前に病院のベッドで痩《や》せ細って死んだ。その時、健太は、兄に代わって「のんちゃん」の仇を討つことを決意したのだ。

「なるほど……」

木槌警部はため息をついた。

「和彦は、婚約者の秘密を見た眼球を裏返しにする、という意味で『逆さまにしてやりたい』と言ったのだが、健太はそれが理解できず、左右を逆にする、という意味にとったのだな……」

「そのようです」

「健太は、遠山の次に碓井を殺すつもりだったのかな」

「おそらくは」

「ならば、君は二つの殺人を未然に防いだ、ということになるな」

そう言って、木槌は壁の時計を見た。

「もう昼か。今日で、君のこの署での研修も終わる。明日からは、警視庁捜査一課に着任することになる。いい手土産ができてよかったな」

「ありがとうございます」

「警視総監賞もののお手柄だが、今回は忌戸部署の署長賞で勘弁してくれ。藤巻署長にもう話は通っている」

「え？　お待ちください。私が、署長賞をいただくのですか」

「当たり前だ。他に誰がいる」

「今回の事件の功労者は私ではありません。鬼丸君なのです」

「鬼丸？　誰だね、それは。ああ、君と組んでいたこの署の刑事か。まあ、君が彼に花を持たしてやりたいという気持ちはわからんでもないが、今度はやはり君がもらうべきだよ。君の、アメリカ仕込みの実力を警視庁のお偉方にアピールするためにも、必要なことだ」

「ですが……この事件を解決できたのは本当に鬼丸君の力があったからなのです」

「ははは……誰がそんなこと信じると思うかね。遠慮も時と場合によりけりだよ」

「いえ、本当に……」

途端、ベニーは大声で「ぎゃっ」と叫んだ。いつの間にか後ろに来ていた鬼丸が、思い切り彼の足を踏みつけたのだ。

「どうかしたかね」

「い、いえ……何でもありません……」

そう言いながら、真っ赤な顔でベニーは振り返ったが、鬼丸は素知らぬ顔で部屋を出ていった。

＊

その日の昼過ぎ、鬼丸は同僚の秋吉刑事を昼飯に誘った。

「あんたがおごってくれるなんて、どういう風の吹きまわしだい」

「いいからさ、付き合ってくれ。いい店があるんだ」

「うまいんだろうな」

「えーと……うまいかまずいかは、まだ食べたことがないからわからない」

「何？」

「ここだ。ま、入ろう」

鬼丸が案内したのは、猪山健太が働いていた例のラーメン屋だった。

中に入ると、客は誰もおらず、店主一人がカウンターで競馬新聞に赤丸を入れていたが、彼は、鬼丸の顔を見るなり、前回とは打って変わった最敬礼に近い状態で迎えた。

「あんた、こないだ来てくれた刑事さんでしょ。あの時ゃ失礼しました。まさか、あの猪山の野郎が犯人だなんて、俺も驚いたよ。でも、まあ、よく捕まえてくれたね。これでみな安心して眠れるよ。そちらさんははじめて見る顔だけど、あんたの同僚の刑事さんかい。まあ、座って、座って。今日は何でもただ。全部、俺のおごりにするよ」

鬼丸は笑って、

「俺はいいんだけど、上がうるさくてね。刑事が接待を受けるとまずいんだ。金は払うけど、そのかわり、盛りを多くしてくれ」

「へい、かしこまりましたあ」

しばらくして出されたラーメンの盛りは、どう見ても通常の倍以上はあると思われたが、鬼丸はそれをぺろりと平らげた。しかし、秋吉はほとんど箸《はし》をつけなかった。

「食欲ないな、どうしたんだ」

「え？　あ、ああ……」

「今度の事件だが、あんたが追っていた遠山が殺人未遂の現行犯で捕まったな」

「俺は、別にやつを追ってなんかいねえ。一度、傷害でパクっただけだ。前科もないし、ただの写真家だよ。どうして俺がやつを追う必要がある」

「へえ……やつに目をつけてたんじゃないのか」

「い、いや……」

「おかしいな。あんたが、遠山と親しくつきあっているのを見た、という話を聞いたんで、てっきり何か大ネタをつかんで内偵でもしているのかと思っていたんだが……」

「だ、誰がそんなでたらめを……」

「ここの親父だよ。——な、親父」

言われて、店主は血相を変え、

「し、知らねえよ。お、お、俺は何も言ってないぜ、秋吉さん」

「ありゃりゃ……はじめて見る顔なのに、どうして秋吉の名前を知ってるんだ」

「う……」

店主は絶句した。

「親父、俺がこの前来た時、棚の端にあったボトルを身体で隠したな。俺はてっきり北御堂のボトルだろうと思っていた。だが、それは俺の早とちりだったようだな」

鬼丸は立ち上がると、カウンターから上体を乗り出し、棚にあったボトルの一本を無造作に摑《つか》んだ。とめようとした店主は、

「ほら、秋吉。あんたのボトルだろ。馬のマンガと名前が描いてある。相合い傘に、秋吉、遠山……か。仲がいいんだな」

「お、お、お、俺は……」

「遠山明を傷害の現行犯で逮捕した時、あんたは何かを摑んだにちがいない。これは俺の想像だが、やつは死んだ北御堂と組んで、古いコミックスや〈仮面グライダー〉カードなんかの偽造をしていたんだ。遠山が写真を撮って、どこかの印刷工場でこっそり製版し印刷する。あとは、有名レトログッズ鑑定家の北御堂が、そのブツを鑑定して、箔《はく》を付ければ、値段はいくらでもつりあげられる。そういったグッズは希少価値が売り物

だから、出回ると価格が下落するはずだが、闇ルートで入手したものだから、所持していることをおおやけにするな、とでも言って購入者に釘《くぎ》を刺してたんだろう。それでも持っていたいというマニア心につけこんだわけだな」

「………」

「あんたは、遠山をすぐに釈放した。あんたとやつの間にどういう話があったか知らないが、それ以後、あんたは警察の捜査情報をやつらに流すようになった。その見返りとして、何をもらったんだ」

秋吉は、しばらく黙り込んでいたが、震える手で煙草を口にくわえると、

「──金だ」

「子供の学費がそんなにかかるのか」

「はは……ちがう。馬だよ」

「………」

「遠山はかなりの馬好きで、俺とは気が合った。やつは、取り調べ中にこっそりと、関西系暴力団A組のノミ行為が行われている都内のバーの場所を俺にだけ漏らした。今から考えると、あれがやつの手だったのかもしれん。俺はそこへ行って、つい出来心で手を出しちまった。捜査の一環のつもりだったが、もともとかなり借金が出来てたこともあって、それを取り戻してやろう、という気持ちもあったんだな」

「それで、深みにはまったのか」

「気がついたら、借金はとんでもない額に膨れ上がってた。借用書には、俺の自筆のサインがしてある。上役やマスコミにでも持っていかれたら、俺は……破滅だ」

「……………」

「今、高尾というブローカーを中心に、レトログッズの大がかりな偽造が行われている。それが、麻薬や武器取り引きにかわるA組の東京進出の資金源の一つにもなっている。北御堂と遠山はそれを仕切っていたんだ。俺はそのあたりの捜査情報をやつらに逐一伝えるはめになった。——鬼丸よ、その高尾というブローカーがどこにいるのか、教えてやろうか」

「秋吉さん！」

店主は叫んだが、秋吉はもうとまらなかった。

「この親父だよ。こいつが、高尾なんだ。ここは、一見、暇そうなラーメン屋に見えるが、裏の倉庫には印刷機が並んでる。積んである業務用の麵《めん》の段ボール箱には、偽造した『新宝島』や『来るべき世界』、『ユートピア』、〈仮面グライダー〉カード全種類……なんかがぎっしり詰まってるんだぜ」

「秋吉……よくそこまでしゃべる気になったな。今からでもまだあんたはやり直せる」

秋吉は唇の端を歪《ゆが》めて笑った。

「はははは……何を勘違いしてるんだ。俺があんたに何もかも教えてやったのは、あの世への土産のつもりなんだぜ」

秋吉の右手には黒いニューナンブM60が握られていた。その銃口は、鬼丸の腹に接触している。

「俺は、射撃訓練の時以外、拳銃《けんじゅう》を撃ったことはないが、撃ち方は知ってるつもりだ。あんたに恨みはないが、俺には家庭がある。……残された道はこれしかねえのさ」

そう言うと、秋吉はぐいと指先に力を込めた。

その時。

両手両足の爪がぴきぴきぴき……と剝《は》がれていくような、何とも言えない不快な感覚が秋吉と高尾を襲った。髪の毛が一本一本順番に逆立っていき、唇が乾いてひび割れはじめ、鼻腔《びこう》がつーんといがらっぽくなり、心臓がわけもなく鼓動を速め……。あとにして思えば、そのとき秋吉と高尾は現実から非現実に至る門をくぐっていたのだろう。

ぐわしゃあああああん、という落雷のような激しい音とともに、昼間だというのに、店の中が、突然、暗くなった。

「な、なんだ、停電か」

そうではない。窓や入り口から入ってくるべき陽光すらなぜか遮断されてしまった漆黒の闇。闇。闇。

「高尾、鬼丸を逃がすな。出口を固めるんだ」

「そんなこと言っても……こう真っ暗じゃ……」

二人は暗闇の中を手さぐりで進んだ。どこかで水が流れる音がする。それも、水道やトイレの水ではなく、川……かなり大きな河が流れているようなどうどうという水音が聞こえるのだ。遠くから、ちーん……ちーんという鉦《かね》を鳴らすような音が微《かす》かに聞こえてくる。

「うちの店……こ、こ、こんなに広かったっけ……」

膝《ひざ》をがくがく震わせながら、勝手知ったるはずの店の中を進む二人の目の前の空間に、ぽーん、と青白い炎が一つ浮かんだ。

「ひ、ひ、人魂《ひとだま》か？」

高尾が怯《おび》えきった声を出した。

「馬鹿な……ガスレンジの火じゃねえのか。これでやっとものが見えるぜ」

秋吉が強気を装って言った途端、炎は天井に届くほどの大きさに膨れ上がった。

「な、何だこれ何なんだこれ」

高尾は目の前で何事が起きているのか理解できず、秋吉と炎を交互に見た。

「どけ」

秋吉はうろたえ騒ぐ高尾を押しのけると、炎に向かって一歩歩んだ。陽炎《かげろう》のようにゆらぐ青い火の中心に人影が見えた。それは……。

「お、鬼丸」

「秋吉……俺はここだ」

「そうか……いい度胸だ。――死ねや！」

言うなり、秋吉は鬼丸の左胸目掛けて銃弾を二発撃ち込んだ。

至近距離だ。弾は残らず標的の身体に吸い込まれるはずだった。

だが……信じられないことが起きた。弾丸は鬼丸の胸に触れる直前に、殺虫剤を浴びた蠅のようにぽたりと床に落ちたのだ。秋吉は呆然《ぼうぜん》としたが、気を取り直して再び引き金を引いた。

同じことだった。弾は鬼丸に触れることなく、からからと床に転がった。秋吉は、歯を剝《む》き出し、惚《ほう》けた顔でその場にへたり込んだ。股間《こかん》がぐじゅぐじゅに濡《ぬ》れているが、彼は気がつきもしなかった。

「う……うわわわ……うわ……」

高尾は、大声で叫びながら流し台の下から拳銃を取り出し、闇雲に数発発射した。だが、結果は変わらなかった。銃弾は、鬼丸をかすめもしない。

「こいつは……夢だ。悪い夢なんだ……」

だが、彼らにとっての本当の悪夢はそのすぐあとに始まったのだ。

鬼丸の身体が、急にふたまわりほど大きくなったように見えた。その全身から毒々しい茶褐色の湯気のようなものが立ちのぼり、みるみる店内に充満した。身体中の筋肉がぶきぶきと音をたてて盛り上がり、着衣がはじけ飛んだ。髪の毛がスパゲティのように太くごわごわになり、眉毛《まゆげ》が針金のように尖《とが》り、両眼はサーチライトのようにぎらぎらした光を放ちだした。上の犬歯が牙《きば》のようににゅうと伸び、その他の歯も太く、臼《うす》のようになった。頭頂の左右の皮膚が盛り上がり、黒々とした二本の突起物となった。部屋の空気が泥水のような濃い茶褐色に染まり、帯状に渦を巻きながら四方へ広がっていく。床の下……いや、そのもっともっと下のほうから、大勢の人々の悲鳴、呻吟《しんぎん》、絶叫の入り混じった、何ともいえない陰鬱《いんうつ》な合唱が聞こえてきた。鼻を突く硫黄の強い臭いとともに周囲の温度がいきなり二十度ほど上昇したかと思うと、壁や天井がぐずぐずと崩れ、溶け、鍾乳石《しょうにゅうせき》のように垂れ下がり、床が隆起した。

二人は、何が何だかわからず、泣きながら抱き合い、震え上がった。その前に、鬼丸が一歩進みでた。

「おまえたちは今から裁きを受ける」

〈鬼〉はそう言った。

＊

住宅街の中にあるラーメン屋の倉庫に偽造したレトログッズが隠してあるという情報が、匿名の電話により忌戸部署にもたらされた。現場に急行した刑事たちは、床に倒れて泡を吹いている二人の男を発見した。一人は何と忌戸部署の現職刑事であり、もう一人はその店の店主らしかったが、二人とも手に拳銃を握っていた。失禁と脱糞《だっぷん》のせいで、店の中はひどい臭気だったが、なぜか温泉場のような硫黄の臭いも漂っていた。

奥の倉庫からは、通報のとおり、大量のコミックスやカードなどが見つかった。

二人の男は何かよほどのショックを受けたとみえ、口がきけない状態であったので、すぐに病院に収容されて手当てを受けたが、精神のたがが外れてしまったのか、その後の取り調べに対しても、

「オニが来た……」

そう繰り返すだけで、あとは意味不明の言葉を呟《つぶや》くのみであった。

＊

「やはり〈物《も》っ怪《け》〉のしわざではなかったか」

頭の鉢の大きな老人がスコッチをなめながら、我が意を得たりという表情でうなずいた。

「〈目目連《もくもくれん》〉、〈手の目〉、〈百々目鬼《どどめき》〉、〈百目〉……目に関わる〈物っ怪〉はいろいろおるが、左右の目玉を抉《えぐ》り出して入れ替えるようなやつは聞いたことがないからな。何にせよ、事件が解決してよかったよかった」

すでに二本目のジンに取りかかっていた鬼丸は、黙って頭を下げた。

「でもさ、鬼丸さん、いつかきこうきこうと思ってたんだけど……」

和服姿のママが言った。

「どうしてそんなに人間に肩入れするの。私たち、いつも人間にひどい目にあってるじゃない。棲《す》む場所も奪われて、もう行き場がないのよ。私が都会のこんなごみごみした狭いところで、排気ガスを吸いながら暮らしてるのも、みんなあいつらのせいでしょ」

「あたしもそう思いますね」

と冷ややかな口調でバーテンが言った。

「あたしんとこが先祖代々棲んでいた川は、今、どろどろになっちまった。一緒だった仲間はみんな、身体《からだ》に癌ができたり、皮膚が腐ったり、気が変になって死んじまった。どんな山奥の、見た目はきれいな川でも、底には毒がたまってる。人間の造りだした、永久に消えない科学の毒がね。あたしの姉の子供は、生まれつき、身体に障害があったんです。食べ物だってそうだ。農薬の毒が残留していないキュウリを探しだすのは、もう不可能ですね」

吐き出すように言うバーテンのグラスを磨く手が小刻みに震えている。その指と指の間に、一瞬、水掻《みずか》きのようなものが見え隠れした。

「まあ、そう責めてやるな。鬼丸君には鬼丸君の考えがある。それに、ママ、この店に通ってくる人間の客の中には、そう悪くないやつもおるはずだ」

「そうね。いい人もいるわ……たまあにね」

ママはあっさり認めた。その顔を、瘦身《そうしん》のバーテンが横目でじろりと見る。

鬼丸は、二本目のジンの最後の一滴を飲み干すと、

「俺は……人間が嫌いではない」

　ぽつりとそう言った。

「だが、やつらに肩入れしているわけではない。──俺の一族は、何百年もの間、深山幽谷に隠れ棲んできた。たまに人前に出て悪さをすることがあっても、ほとんどは山奥で息をひそめ、気配を殺し、誰にも覚られないように暮らしてきたんだ」

「もともと鬼とは隠、つまり、隠れ潜む者の意だからな」

　と老人。

「長い間には、少しは人間との交流もあった。互いに憎しみ合い、殺し合った時もあったが、心が通い合った瞬間もあったように聞く。そののち、わが一族の種としての衰微によって交流はなくなり、数少なくなった俺たちは歴史の闇に埋没したまま今日まで過ごしてきた」

「そうよね……鬼丸さんの一族は減っちゃったものね……」

「今の時代、どこも開発開発で深山幽谷に隠れ棲むことなど不可能に近い。だから、俺はあえて人間の中に隠れることにしたんだ。寮に住み、職業を持ち、そのかわり誰の目にもつかぬよう、地味に、ひっそりと生活してきたつもりだ。だが、刑事という仕事を選んだのはまちがいだったかもしれない」

「相手が人間であっても、助けてやりたくなってしまうのだろう。君は正義漢だからな」

　と老人が言う。

「そうじゃない」

鬼丸は静かにかぶりを振った。

「そんな……きれいごとじゃないんだ。たしかに俺には、相手が〈物っ怪〉だろうと人間だろうと、道から外れた所業をするやつら……外道を許せない気持ちがある。だが……本当のところは、犯罪を犯した連中を猟犬のように追いかけ、追い詰め、その手首に手錠を掛けるときの満足感が忘れられないんだ」

鬼丸が握りしめたグラスに、ぴしっとひびが走った。

「昔、俺の先祖は人間を襲い、一口に食っていたという。おそらく俺の身体に流れる血が、人間たちを獲物とみなしているのだろうよ」

彼は吐き出すように言った。

と。

「鬼丸さん……あんた、尾《つ》けられたね」

ママが緊迫した声で言うと、店の明かりを消した。暗闇の中で一瞬だがガタガタという物音がしたかと思うと、すぐに静かになった。

扉があいた。顔を覗《のぞ》かせたのは、ベニー芳垣だった。

「おかしいな……」

ベニーは、目を細めながら、暗い店内を見渡した。そして、手さぐりで電気をつけた。

「今度こそたしかに尻尾《しっぽ》を摑《つか》んだと思ったんだが……」

カウンターの裏側やトイレにも入ったが、狭い店の中には隠れる場所はどこにもない。

「さっきまで話し声がしていたようだったが……」

苦笑いを浮かべたベニーは、人気のない店内に向かって、独り言のように呟いた。

「もう気づいているだろうが、私の母は、土御門《つちみかど》家の道統に連なる者だ。どういう意味かわかるな、鬼丸くん」

暗闇からは何の応えも返ってこない。

「私は、アメリカ流の捜査方法と、わが家に伝わる日本古来の数々の呪法を融合し、警察捜査に生かすつもりで帰国した。帰国早々六壬式占《りくじんちょくせん》を行い、この忌戸部署の管内で私が扱うべき事件が起きる、ということを知った。だから、帰国後の研修にここを選んだのだ。そして、案の定、殺しがあった。——だが、私はまだ未熟のようだ。事件が解決したのは君のお陰だ。でも、私は君の正体をつきとめるのをやめる気はないからな」

ベニーはにやりとして、

「日本の警察も面白いな。帰ってきてよかったよ、鬼刑事くん」

そして、もう一度ゆっくりと、なめるように店内を見回したとき、彼の目はカウンターの奥の壁に吸い寄せられた。

そこには、頭部の妙に赤い、大きな女郎蜘蛛が一匹、張りついていた。

女神が殺した

夕暮れには少し早い。退屈な高校の授業がやっと終わり、帰宅部の京輔《きょうすけ》は、人気のない住宅街を歩いていた。向こうから、同い歳ぐらいの少女が歩いてくる。世の中をはばかるように、暗がりを縫うようにして。すれ違う瞬間、はっとした。

「ひ、檜山《ひやま》くん！」

京輔が思わず声をかけると、少女は振り向いた。やはり、そうだった。檜山玲《れい》。中学の同級生だ。

「あの……あの、久しぶりだね。学校の帰り？」

努めて冷静な風を装って話しかけると、電柱に隠れるようにして、玲は言った。

「私、高校やめたの」

「えっ。いつ？」

「入って、すぐ」

「じゃあ、今、働いてるの？」

「――そうね」

「何してるの？　ＯＬ？」

「女神」

「女神？　女神って……」

「これから仕事なの。またね」

そう言うと、少女は逃げるように歩み去った。白いTシャツに水色のジーンズのパンツ。きゃしゃな身体。肩までの柔らかそうな髪。薄い目鼻だち。化粧っ気はまるでない。手に、スーパーの買い物袋を提げている。あの頃とまるで変わっていない。教室の隅に座っていた目立たない少女。京輔はそんな彼女が好きだった。中学の卒業式以来、一年半振りの再会だったのに、あの時彼が準備していた台詞《せりふ》は、口の中で凍りついたまま、また発せられることはなかった。

＊

「夜勤ご苦労様です。缶コーヒー買ってきました！」

「え、あ、あの……俺は……」

午前三時。忌戸部署刑事課で宿直勤務についていた鬼丸三郎太巡査部長は、内山さくらが差し出した紙袋をとまどい顔で見つめた。女性警察官の内山さくら巡査は二十四歳。交通課勤務、交番勤務を経て、つい先日、刑事課に転属になったばかりで、見習いとはいえ意欲に燃えている。

「俺、甘いのは苦手だから……」

「そう思って、ブラックのやつを買ってきたんです。一緒に飲みましょう」

さくらは二本の缶コーヒーのプルトップを開けて、一本を鬼丸に押しつけた。鬼丸は、しかたなく一息でそれを飲み干し、部屋の隅のゴミ箱へ投げ込んだ。

「鬼丸先輩、今日は刑事の心得を教えていただきたいんです。私が警官になったのは、四つ上の兄の影響なんですよ。兄は、警察オタクで、いろんなグッズを集めたり、コスプレしたりしてるんです。私も、兄が持ってた刑事ドラマのビデオとか見て、あこがれて警察に入ったんで、どうしても優秀な刑事になりたいんです。だから鬼丸さんにいろいろ伺おうと思って……」

さくらはぺらぺら捲《まく》し立てた。普段は内気で無口なのに、饒舌《じょうぜつ》になるときもあるんだな、と鬼丸が思ったとき、壁際のデジタル無線機のセルコールが鳴り響いた。さくらはすばやく無線機の前に座った。

「警視庁から忌戸部署」

「忌戸部署です、どうぞ」

「忌戸部管内、これは裸の男性が四階建てビル屋上から飛び降りるのを目撃したとの通報。場所は、路ケ丘《みちがおか》三丁目五番九号ニュー路ケ丘ビル。向かいのコンビニから出てきた名前語らずの若い男性からの入電。笑いながら、両手を真横に広げて、空を飛ぶような姿勢で落下したそうです。えー、ただし、入電はかなり酔っていた様子ですので、参考にお願いします。担当山下《やました》です、どうぞ」

「忌戸部了解。担当内山です」

「警視庁了解。よろしくお願いします。以上警視庁」

そのやりとりを聴いていた付近警邏《けいら》中のパトカーが現場に急行した。ほっとしてさくらはマイクを置いた。ありふれた夜勤の情景である。

「空を飛ぶような姿勢というのがひっかかるな。笑いながらというのも……」

「酔っぱらいのいたずらじゃないでしょうか。入電、かなり酔っていたと言ってましたし、行っても何も見つからないかも……」

その言葉のとおりとなった。パトカーからの無線連絡によると、現場付近に人の落下した形跡はなく、通報者もあたりに見あたらず、コンビニの店員や周辺住民に確認したが、飛び降りに気づいた者もどさっというような音を聞いた者もいなかった、とのことであった。

「交番勤務時代、よくありました。酔眼でビルの屋上を見上げたら人影が見えたような気がして一一〇番してみたものの、よく見たら見間違いで、あわてて逃げてしまうんです」

「そうかな……」

「何か気になることでも？」

「いや……別に……」

そう言うと、鬼丸は大きな欠伸《あくび》をした。その横顔をさくらがじっと見つめているので、

「俺の顔になにかついてるか？」

さくらは真っ赤になって顔を伏せた。

＊

夕食の時、玲が口にした言葉の意味を、京輔は知ることになった。

「玲ちゃんていいただろ」

「ああ、檜山玲さんね。いたいた。おとなしい子だったねえ」

母親が、みそ汁をよそいながらうなずいた。京輔の父は商社マンで、帰りが遅い。いつも、彼と母と姉の三人の食卓だ。

「今日、会ったよ。帰り道で」

「檜山玲？　それ、もしかして〝女神〟さまのこと？　あんたと同じ中学だったんだ」

八つ年上の姉、真由美《まゆみ》が口を挟んだ。

（女神……？　檜山も同じことを言ってたよな……）

真由美の話によると、玲の両親は彼女が高校に入学した直後に事故で亡くなったらしい。一人っ子だった彼女は、遠い親戚《しんせき》に引き取られたのだが、その親戚というのが新興宗教の教祖様だったのだ。

「曼陀羅《まんだら》教っていうんだけどね」

「どうしてそんなに詳しく知ってるのよ」

母親が、いぶかしげに言った。

「こないだ集会に行ってみたの。秀夫《ひでお》さんが信者でさ、一度遊びに来ないかって誘われて……」

秀夫というのは、真由美の婚約者だ。

「まさか、入信したんじゃないだろうね！」

「そんなことしないわよ。ちょっと興味あっただけ。一通り見学して、すぐに帰ってきたわ」

「ならいいけど、秀夫さんにも困ったものだね。変な宗教にひっかかったら、ろくなことにならないわ。どうせインチキなんだから。騙《だま》されて高いお金をとられるのがおちよ」

「でも、まじめな雰囲気だったわ。そんな変なやつじゃないみたいよ」

真由美は、曼陀羅教を庇《かば》うような口振りで言った。

「教祖は、江川道鰻《えがわどうまん》という人なんだけど、誠実そうで貫禄《かんろく》があって、神秘的な雰囲気なのよ。マジで霊能者って感じ。別に巫女《みこ》さんみたいなのがいて、儀式の時、神さまがのりうつるわけ。みんな、〝女神〟さまって呼んでたけど、たしか檜山玲っていう名前だったわ」

どんな宗教にも、シャーマンとか依代《よりしろ》とかいう役割がいて、神と人間の仲介をする。

それが、玲だというのだ。

「私が見た時も、最初は普通の子なんだけど、憑依《ひょうい》がはじまったら形相が変わっちゃってさ……髪の毛ふり乱して、蛇みたいにのたうちまわって、汗びっしょり。最後に痙攣《けいれん》して床につっぷしちゃったけど、あれは、絶対やらせじゃないわよ。信者の人に聞いたんだけど、時々、空中に浮いたりもするらしいわ」

「まさか」

京輔には信じられなかった。

＊

「き、気をつけろ、馬鹿野郎！」

車から蒼白《そうはく》な顔の若い男が飛び出してきて、その場に棒立ちになった。濡《ぬ》れたように黒光りするアスファルトの上に倒れていたのは、一糸纏《まと》わぬ全裸の女性だったのだ。若者は、恐る恐る女に近寄り、バンパーの形に陥没した頭部から目をそむけた。このまま逃げるか。しかし、顔をのぞき込んだとき、彼は思わず「嘘だろ……」と呟《つぶや》いた。それは、中堅女優の水島珠世《みずしまたまよ》だったのだ。デビュー時はアイドル的な人気があったが、最近はバイプレーヤーとしての仕事が多い。有名人を殺してしまったことで「逃げ切れない」と覚悟した彼は観念して、携帯電話で一一〇番した。

車を道路脇に寄せて悄然《しょうぜん》としていると、五分ほどして、目の前に一台のバンが停まった。救急車でも来たのかと顔をあげたが、車体は真っ黒だった。中から、黒い帽子を目深に被《かぶ》り、サングラスに黒シャツ、黒ジャケットに黒手袋と全身黒ずくめの男が降りてきて、無言でいきなり死体を抱え上げた。

「あの……警察の人っすか」

男は若者を無視して、死体をバンの荷台に載せ、エンジンキーを回していたが、どうしたことかエンジンがかからないようだ。舌打ちしながら何度やりなおしても、エンジンは軋《きし》むような音をたててとまってしまう。遠くからサイレンの音が聞こえてきた。

「くそっ」

死体をバンで運ぶのは無理だと覚《さと》ると、男は驚くべき行動に出た。メスのような刃物を取り出すと、死体の腹部に突き立てたのだ。血が流れ出るのも構わず、鳩尾《みぞおち》のあたりから恥丘まで一気に切り開いたかと思うと、男は腹腔《ふっこう》に両手を突っ込み、湯気のあがる内臓をずるずるずるずる引きずり出した。摑《つか》みだした内臓をメスで胴体から切り離すと、ぶつっ、ぶつっとおおまかに数個に切り分け、あちこちのポケットに押し込んだあと、ショックのあまり口もきけなくなっている若者をちらと一瞥《いちべつ》すると、黒ずくめの男は姿を消した。忌戸部署のパトカーが到着したのは、その約一分後のことだった。

＊

忌戸部署の敷地内にある独身寮で眠っていたところを叩《たた》き起こされた鬼丸は、生欠伸《なまあくび》を連発しながら刑事部屋に入った。中では、宿直の刑事とともにさくらが、安西六郎刑事課長と篠原康文捜査係長に何やら熱心に説明していた。第一報の無線を受けたのは彼女らしい。

「何だ、ひき逃げか？」

目を擦《こす》り、頭髪をぽりぽり掻《か》きながら、鬼丸がさくらに言った。

「いえ、加害者は今、取調室にいます」

「だったら……」

交通課の仕事じゃないのか、と言いかける鬼丸に、さくらは事件の概略を説明した。

現場は忌戸部署管内、路ヶ丘南町三丁目交差点付近。事故を起こした本人からの一一〇番通報があり、近くにパトカーがいなかったため、さくらが忌戸部署のパトカー二台をただちに手配した。パトカーが現場に駆けつけたとき、交差点には黒いバンが放置されており、血だらけの死体の横に若い男が一人立ち尽くしていた。

「死体が水島という女優だというのはまちがいないのか」

齧歯類《げっしるい》のような風貌《ふうぼう》の安西課長が甲高い声で宿直の刑事に言った。

「ええ。事務所に連絡して本人のマンションに電話してもらいましたが誰も出ません。マネージャーを呼んでいますから、もうすぐ確認できると思います」

別の刑事が口を挟んだ。

「女優が丸裸で国道を歩いていて、それを撥《は》ねたら、見すかしたように黒いバンが来て、中から出てきた男がその女優の腹をかっさばいて、臓物を抜き取って消えたってか。マンガじゃねえんだ」

制服警官で署内業務を担当している峯野かをりが、集まった刑事たちに麦茶を配った。篠原捜査係長がそれを一口飲んで、

「その女優は最初から裸で歩いてたって言ってるのか」

「歩いてたんじゃなくて、走ってたって言ってるらしい。空でも飛ぶようなポーズで車の前に飛び出してきて、避けられなかったそうなんだが……」

壁にもたれて眠そうに聞いていた鬼丸の目が、一瞬光った。

「偽証じゃねえのか。加害者、撥ねちまった相手が女優だと気づいてむらむらっとして、遺体を裸に剝《む》いて……」

「自分で一一〇番しておきながらですか。だったら、黒いバンはどう説明するんですか。だいいち、内臓は周辺では見つかってないんでしょう？　黒ずくめの人物が実在する証拠じゃないですか」

内山さくらも負けじと意見を言ったが、安西課長に一喝された。

「周辺の調査は継続中だ。尻《しり》の青いくせに、先走った結論を出すな」

「す、すいません……」

さくらはうなだれて、その後湧き起こった議論の輪から抜け出すと、壁際の鬼丸にそっと近づき、ため息をついて、

「あーあ……言わなきゃよかったです」

さくらは鬼丸が何か慰めの言葉をかけてくれることを期待したようだが、彼は何も言わなかった。二人はしばらく、皆の議論を黙って聞いていた。

「私たちの出番はあるでしょうか」

沈黙に耐えきれなくなって、さくらが言った。

「交通事故で、加害者も逮捕されている。本来なら交通課の管轄でしょうけど、被害者が有名人ですし、猟奇的な方法で遺体を傷つけられてるんです。死体損壊容疑で刑事課も動くべきでしょう」

「かもな」

「内臓を持ち去ったのはどういうわけでしょう。性的異常者でしょうか」

鬼丸は応《こた》えず、壁にもたれたまま目を閉じてしまった。まさか寝てしまったのでは……とさくらが訝《いぶか》しんでいると、鬼丸は目をつむったままぼそっと言った。

「空飛ぶようなポーズ……か。先週、変な悪戯《いたずら》があったな。覚えているか」

「悪戯？」

「ビルの屋上から裸の男が、両手を横に広げて、空でも飛ぶような姿勢で飛び降りたっていう通報だ。場所も、路ケ丘三丁目と路ケ丘南町は近接してる」

「ああ、思い出しました。でも、あれは酔っぱらいの……」

「言い切れるか？　墜落した死体をその黒ずくめの男が運び去ったとしたら……」

「あ……！」

さくらは思わず声をあげた。

＊

さくらが期待したとおり、翌朝早くから、交通課、刑事課合同の聞き込み捜査が行われたが事件の目撃者はおらず、被害者の内臓も付近からは発見できなかった。パトカーの現場到着時間から考えて、被害者を撥ねた若者が内臓をどこかに隠匿し、また現場に戻ってきたという可能性は薄いとして、バンの持ち主である第三の人物が実在するという前提のもと、捜査が進められることになった。司法解剖の結果、死因は自動車との衝突。即死であったと考えられ、腹部を切開されたときは、被害者はすでに死んでいたという結論が出た。つまり、殺害犯人はあくまですでに逮捕された若者であって、内臓を取り出した人物は、死体損壊容疑ということだ。バンは盗難車で、ナンバープレートを付け替えてあり、指紋や頭髪、煙草の吸い殻、遺留品などは一切見つからなかった。被害者が死亡時に全裸であったこと、加害者とは別の何ものかが遺体の内臓を持ち去ったことなど、センセーショナルな部分の多い事件なので、被害者の死の状況はマスコミに伏せられ、捜査員にも箝口令《かんこうれい》がしかれた。

加害者はすでに自首し、逮捕されているというのに、被害者が有名人だったというだけで、その内臓を盗んだ（？）相手を捜さねばならない。たしかに死体損壊は犯罪だが、気分的には著名人の墓をお守り代わりに欠いていく輩《やから》を追いかけるような事件であり、捜査員の士気はあがらなかった。ただ一人、鬼丸と組んで、地取り捜査を行うことになったさくらだけが有頂天になり、廊下で鬼丸と腕を組まんばかりだった。

「鬼丸さん、うれしいですっ。いろいろ教えていただける絶好の機会です。私の念願が叶《かな》いました」

はしゃいだ声でさくらが言ったとき、

「よう、鬼刑事くん」

聞き覚えのある声が後ろからかかった。振り返ると、総髪に碧眼《へきがん》という特徴的な外観をした長身の男が立っていた。軽い口調にもかかわらず、その視線は矢のように鋭い。警視庁捜査一課のベニー芳垣警部だ。彫りの深い顔立ちは外国の俳優のように整っている。

さくらは会釈すると、「下で待ってます」と言って階段を降りていった。ベニーと鬼丸は廊下で向き合うかたちになった。

「先週、六壬式占を行ったら、忌戸部署管内に禍事《まがごと》ありと出たが、案の定だな」

「六壬……？　なんのことです」

ベニーは、鬼丸の質問には応じず、

「君とまた仕事ができるのはうれしいことだ。君の……」

にやりと笑うと、

「正体に、一歩近づけるというわけだ」

「正体？　俺には正体もクソも……」

「母から教わった土御門家の呪法とアメリカで習得した最先端の捜査方法を融合し、新しい犯罪捜査のシステムを作り上げることが私の悲願だ。そのためにはどうしても……」

鬼丸はぎくりとした。ベニーが左手で破邪の印を結んでいたのだ。もちろん、そんなものはどうということはない。しかし……うざい。目障りだ。

「捜査本部も設置されていないのに、どうして警部殿がいらっしゃるんです」

「私の班は抱えていた事件がちょうど昨日解決したところで、私は今日、非番なんだ。一課長に無理を言って、一日だけ忌戸部署に協力する許可をもらった。これは……私が解決すべき事件だ。藤巻署長にはもう挨拶《あいさつ》をすませてある。彼は激怒していたよ。これまでうちの管内は平穏だったのに、どうして近頃はやっかいな事件が多いのか、とね」

「地取りに行かなくてはなりませんので、これで……」

鬼丸は、ベニーの横をすり抜けようとしたが、右手首を掴《つか》まれた。案外、力が強い。

ベニーは鬼丸の目をのぞき込み、

「わかってるだろう。君は私と組むんだ」

＊

　ぶすっとした顔のさくらに手短に説明すると、鬼丸はベニーと並んで歩き出した。

「この件には裏があると私は確信している。今から二人でそれを探ろうじゃないか。君も何か感づいていることがあるんだろう」

「別に何も……」

　ベニーは立ち止まった。こめかみに青筋が立っている。

「Bullshit！　また、一からやり直しか。その……『胸襟を開く』という言葉があったな。ちょっとは胸襟を開いてくれ」

　鬼丸はため息をつき、

「この事件の場合は『腹を割って話す』のほうがぴったりですよ」

　そう言ったとき、

「あ、いたいた！　警部、警部、ベニー警部！」

　署を出ようとした途端、前方から声がかかり、ベニーはつんのめりそうになった。薄茶色のサングラスをかけた小柄な女性が、大きな胸を揺らしながら走り寄ってくる。

「何だ、君は」

　三十代後半とおぼしき茶髪の女はにやにや笑いながら名刺を取り出した。そこには、フリーライター木村伸子《きむらのぶこ》とあった。

「ベニー警部、私はですね……」

「芳垣警部だ」

　女は、どうちがうんだという表情を浮かべつつ、

「今回のヤマ、裏があると見てるんですが、捜査本部も設置されていないのに本庁の警部がご出馬とは、私の勘、アタリですね。ただの自動車事故じゃないんでしょ。何があるんです」

「Nothing！　まだ、何もわかってない。捜査は始まったばかりだ」

「死んだのは有名女優です。全国民が注目してます。水島珠世の事務所の社長も、何か隠してるみたいだし、絶対にこれはイケると思いましてね。ねえ何か教えてください。性的異常者の線ですか」

「わからんと言っただろ」

「ちょこっとでいいんです。ねえねえ、お願いします、このとおり」

「しつこいな。今、忙しいんだ」

「今も言いましたけど、この件、日本中でたいへんな話題になってるんですよ。国民の知る権利というものをですね……」

「Shut up！　とっとと失《う》せろ」

　ライターはなおも食い下がろうとしたが、潮時と思ったか、

「また来ますよ」

言い捨てると、笑みを浮かべながら彼らを見送った。

二人は、新路ヶ丘一丁目の新興住宅街に向かった。事故現場から歩いて十五分ぐらいの場所だ。周囲の風景を目に焼きつけるようにしながら、二人はゆっくり歩いた。鬼丸は「腹を割って話す」気になった。

「先週、宿直のときに、変な一一〇番を受けましてね。ビルの屋上から裸の男が飛び降りるのを目撃したというんです。両手を広げて、飛ぶような格好で。ところが、死体は発見されず、通報者も不明。酔っぱらいの悪戯《いたずら》ということで片づけられたんですが……」

「知っている」

「え？」

「場所も今回の現場とさほど離れていないはずだ。きのう、この管内に関する一一〇番通報の報告書を全部見た」

鬼丸は舌を巻いた。彼も昨晩、同じことをしたのだ。なかなかやるじゃないの、陰陽《おんみよう》師《じ》。

「つまり、二つの事件の間にあるつながりを調べようというわけですね」

「もう一件あるんだが、気がついたか」

鬼丸は絶句した。今回は向こうのほうが一枚上だ。ベニーは高い鼻をひくつかせて、にやっと笑った。

「知らんだろうな。忌戸部署管内のできごとではないんだ。先月、袷川《あわせがわ》の下流で夜釣りをしていた連中が、川上から上半身裸の男性の水死体のようなものが流れてくるのを見つけて大騒ぎになった。ところが引き揚げてみると、男は生きていて、酔っぱらって川にはまったのかと釣り人がたずねると、憤然として、俺は今、気持ちよく空を飛んでいたんだ、それをどうして引きずりおろした、と言って暴れ出したので、誰かが一一〇番した。近くの交番の巡査が駆けつけた時には、男はどこかへ逃げてしまっていなかったそうだ」

袷川は忌戸部署管内を通過している。

「巡査は、泥酔して川に落ちたとして報告書を書いているが、問題は釣り人たちが口々に、その男の容貌《ようぼう》が、小説家の斎藤鱒夫《さいとうますお》に似ていたと言っていることだ」

「旅情ミステリとか旅情ホラーを書いている、あの斎藤鱒夫ですか」

「そこそこの famous writer らしいな。私は日本に帰ってきて間もないから、あまりよく知らないが」

「斎藤鱒夫に確認しましたか」

「それは、まだだ。犯罪を犯したわけじゃないし、酔っぱらいの容貌が似ているというだけで問い合わせるわけにはいかないからな。しかし、どうして水島珠世だけが腹を裂かれたのかがわからん。本当は、死体を運び去りたかったのが、車の故障でそれができず、せめて内臓だけでもということか」

「そんなところでしょうね」

「問題はもう一つある。なぜ、彼らは警察が到着するより早く死体の場所に行き着くことができるのか」

「鋭いですね。――あ、これは失礼」

彼は、忌戸部署の内部情報が漏れていると指摘しているのだ。しばらく無言で歩いたあと、鬼丸は降参した。負けを認めるのは不愉快だが、しかたがない。

「警部殿は、三つの事件の関連にすでに気づいておられるようですね」

「どうしてわかる」

「我々は今、どこに向かっているんです」

ベニーは少しためらったあと、口を開いた。

「少し先に、曼陀羅教という新興宗教の総本山がある。総本山といっても、そこ一ヵ所しか拠点はないんだがな。知っているか?」

「いえ……」

「死んだ水島珠世と作家の斎藤鱒夫は、ともに曼陀羅教の信者らしい。とくに水島は、今後はギャラの全額を曼陀羅教に振り込むようにしてほしいと言い出して事務所や家族とトラブっていたそうだ」

ベニーの説明によると、曼陀羅教は十年ほど前に、漢方の薬剤師だった江川道鰻という男が設立した。道鰻は、日本全国の深山幽谷を漢方薬の材料となる薬草の採集のために巡っているうちに、一夜、曼陀羅神の声を聞き、神通力を得たと自称している現在四十五歳ほどの人物。信者からは、教主さまと呼ばれている。最近までは、百人ほどの固定的な信者がいるだけの小さな教団だったらしい。それが、両親を亡くした親戚《しんせき》の娘を引き取った途端、風向きが変わった。ある日突然、曼陀羅神が娘に憑依《ひょうい》したのだ。娘は、次々と奇跡を起こすようになり、それにつれて、信者数は飛躍的に増大した。一年半ほどの間に、七百人ほどになった。もちろん何万人という信者を抱える巨大教団と比べれば微々たるものだが、その数は日に日に増加している上、芸能人や政治家の入信も相次いでいるという。それは全て、女神さまと呼ばれているその娘の力なのである。

「奇跡ってどんなことですかね」

「まず、予言だな。怖いほどよく当たるらしい。それから、空中浮遊に物質取り寄せ」

鬼丸はあきれた。超能力の博覧会だ。

「どうせまやかしだ。陰陽道以外に、人智を超えた力を操る方法はない。正しい心の持ち主以外、超自然の力を利用してはならないのだ。これが、私がこの捜査に志願して加わった理由だ」

正しい心の持ち主っておまえのことかい。鬼丸は心の中でツッコんだが、現状ではベニーのほうが一歩も二歩も先を行っていることは認めざるを得なかった。

＊

「ねえねえ、さくら」

水島珠世の事故死に関する調書のコピーを読んでいたさくらに、女性刑事の小麦早希と制服警官の峯野かをりが話しかけた。

「びっくりしたよー。あんた、マジだったんだね」

峯野かをりがカールしたまつげをぱちぱちさせながら言った。

「なにがですか？」

「鬼丸さんのこと。私、てっきり冗談だと思ってた」

「どういうことです？」

「最近見てたらすごいじゃん、あんたの猛ラッシュ。本気で鬼丸さんにアタックしようとしてるんだね」

「アタックって……刑事としての心得をいろいろ伺っているだけです」

「ま、いいけどさ。私はやっぱり芳垣さんね。今日、久しぶりにお会いしたけど、あの髪の毛を掻《か》き上げる絶妙のタイミングにとろけちゃう」

小柄な小麦早希が両手を組み合わせて、

「私もずきゅんと来たわ。すれちがうときに、ふわっと薫るの。よほどいい香水《フレグランス》をつけてるのね、きっと。うちの汗くさくてダサくて不作法でがさつな連中と大違い。非番なのに、事件に興味があるからって一日だけ来てくださったんだって」

「じゃあ明日にはもう帰ってしまわれるのね。残念〜」

さくらは不機嫌そうに、

「やりかたがずるいです。ほんとは私が鬼丸さんと組むはずだったのに……」

早希は肩をすくめ、

「鬼丸さんなんて、どっこがいいのよ。今言った汗くさくてダサくて不作法でがさつな刑事の典型じゃない」

「皆さんにはわからないんです。私は信じています、鬼丸さんは……」

かをりと早希が身を乗り出すと、

「きっと出世します」

ふたりはコケそうになった。

＊

京輔は、学校帰りに教団をたずねてみることにした。檜山玲が今でも彼が知っていた檜山玲のままなのか、どうしても確かめたかったのだ。曼陀羅教の本部は、京輔の家からバスで二駅ほど行った新興住宅地の中にあった。母親には、図書館で勉強するから遅くなると言ってあった。

思いきって飛び込むと、病院のような受付ににこやかな若い女性が座っている。

「こんにちは。ご見学の方ですか」

「見学できるんですか」

「六時から、教主さまの講話がございます。時間は一時間ほどですが」

今、五時四十五分。七時半には帰宅できる。

「それには、玲……あの……女神さまも出席されるのですか」

「もちろんです。――この用紙に、お名前とご住所を記入してください」

京輔は、本名と正しい住所を書いた。もう、あとにはひけない。

二十畳ほどの広い和室に通され、しばらくそこで待つように言われた。天井から床までを貫く、直径四センチほどの竹製の柱が、十センチ間隔ぐらいに部屋を環状に取り巻いている。正面には神棚があり、その左側に「最高神曼陀羅華命」と大書された掛け軸がかかっている。

居心地の悪い思いをしながら正座していると、どやどやと数十人が入ってきて、部屋はまたたく間に信者で一杯になった。年齢はまちまちだが高校生は京輔一人のようだ。ほとんどが女性だが、三十代ぐらいの男性が二人、最後列の部屋の隅に座っている。一人は彫りの深い顔立ちで、外国人かもしれない。もう一人は風采《ふうさい》のあがらない疲れた会社員風。こんな時間にこんな場所にいるなんて、会社はどうなってるのだろう。女性陣は皆、顔見知りらしく、ぺちゃくちゃとよくしゃべる。京輔は急に、自分がひどく場違いに思えてきた。

（帰ろうかな……）

そう思った時、ざわついていた信者たちがすうっと静かになった。教主さま――江川道鰻が入ってきたのだ。神主のような衣服を着、頭は剃《そ》りあげている。鴨居につかえるほど上背があるが、でっぷり肥え太っているため、あまり背が高くは見えない。血色がよく、肌もつやつやしている。酒でも入っているのでは、と思うほど、顔が赤い。

教主さま、教主さまと口々に叫びながら、信者たちが裾《すそ》にさわろうと手を伸ばしてくる。道鰻はにこにこ笑いながら、されるがままにしている。まるで、氷川きよしだ。

「あ、女神さま、いらっしゃったで」

入り口の方で声があがり、そちらに目をやった京輔は、――息をのんだ。

ひだの多い、足首まで隠れるほど裾の長い黒衣を身にまとった若い女。顔には、歌舞伎の隈取《くまど》りのような極彩色のメーキャップをほどこしている。目をつりあげ、紫色のルージュで唇を倍ほどに描いているので、京輔には、それが檜山玲だということが、一瞬わからなかった。

サイケな化粧とは逆に、彼女は下を向き、おどおどとした表情でゆっくりと歩いている。手には、長さ五十センチほどの、両端が鋭くとがり、中央のくびれた金属棒を摑《つか》んでいる。

京輔と視線があった瞬間、玲の顔色がすっと蒼《あお》くなった。明らかにショックを受けた様子で、狼狽《ろうばい》したように左右を見回し、京輔から目をそらせた。

江川道鰻は、神棚を背に正座し、玲は、その右隣に着座した。依然、視線は下に落としたままだ。顔色が悪く、膝《ひざ》に当てた両の拳《こぶし》が、震えている。

「皆さん、ようこそお集まりいただきました」

道鰻が軽く頭を下げて、そう言った。豊かなバリトンだ。

「今日は、ご見学の方も数名いらっしゃる由。ご信心のない方にもおわかりいただけるよう、平明に話を進め申す。わからない箇所あらば、遠慮なくご質問くだされよ。ご信者の皆さんには、先刻ご承知のことも申しますゆえ、少々退屈にてもご容赦くだされ」

信者たちは、誰がその見学者かと、きょろきょろあたりを見る。京輔は下を向いたが、どうやら、外国人ぽい男とその連れも見学者のようだ。

講話が始まった。その内容は、近い将来、世の終わりが来るというもので、道鰻は、各地で最近起きた大規模自然災害や原発事故、飛行機を使ったテロなどを、例としてあげた。

「飽食日本にとうとう神罰くだり、混濁の世が参るぞよ。人間としての心を忘れ、自然を破壊してきたツケを、一度に払わねばならぬ時がくる。日本中、四方八方からひしひしと迫り来る滅びの兆候にまるで気づかず、太平楽を決め込んでおる虚《うつ》け者ども。その時に至りて、あわてて逃げ出しても遅いぞよ。どこもかしこも火の海、血の海、死の海で逃げ場はどこにもない。この世の終わりが、いつ、どういう形でおとずれるのかについても神はちゃんと予言されておられるが、皆さんにお知らせするのは、今少し先になりましょう。ただ、終末の日はそれほど遠くない。その日が来るまで、一心に曼陀羅華命を信じ、正しい生活を送るようになさりませ。不浄の心を捨て、曼陀羅華命に帰依すれば神様は、滅びの日来たりても、必ず我らをお救いくださりますぞよ。このこと、ゆめ疑うことなかれ」

信者たちは皆、頭《こうべ》をたれた。

「今日お集まりの皆さんの中には、実際に目で見ないと心からは納得せぬ。そういう方もおられよう。奇跡と申すは、あまりぽこぽこ起こすものではない。それがしも、神のお力を借りて、水の上、火の上、歩くぐらいはたやすいが、そんなことをしても、それで日本の終末が救えるわけでも何でもない。ただ、ちょっとした奇跡を見ていただくことによって、曼陀羅華命のお力の凄《すご》さがわかれば、信仰の助けとなるかもしれぬ。ゆえに、あまり派手ではない奇跡をお見せすることは必要であるとそれがしは考えており申す。――では、よろしいかな、皆さん」

道鰻は、香炉に少量の香をくべた。甘い匂いが、部屋にただよいだした。玲は、目を閉じ、両手を後ろにまわし、何ごとか祈りはじめた。

「真霊、ご降臨。おいやあああああっ！」

道鰻が、大きな声でそう叫ぶと、持っていた扇子で自分の膝をぴしっと叩《たた》いた。と同時に、玲の全身が雷に撃たれたようにぴーんと硬直し、人相が一変した。一瞬前までは、隈取りをほどこしたとはいえ、柔和な顔つきだったのが、完全に別人のような表情になっている。それは……男の顔なのだ。白目をむき、鼻孔をおおきく広げ、口をだらしなく開けて、牛のようにだらだらと涎《よだれ》を垂らしている。

「うう……があああああっ！」

玲は叫んだ。とても、若い女性の声とは思えない。まるで、それは手負いの野獣の咆《ほう》哮《こう》のような迫力があった。

「ああ……があ……うぐわわああっ」

玲は、唾液《だえき》を撒《ま》き散らしながら叫んでいる。そのさまは、病に冒された患者の苦悶《くもん》としか見えなかった。

京輔は、どんなにか立ち上がって、彼女に駆け寄りたかっただろう。しかし、場の状況がそれを許さなかった。彼女は今、女神さまであり、神が憑依《ひょうい》している最中なのだ。

「ああ、あがらはった」

数人の信者がそう言った。京輔は、自分の目を疑った。しかし、目の前で今、現に起こっていることなのだ。信じざるをえない。

玲は……浮いていた。空中に。

彼女の頭は、さっきよりも三十センチは上に位置している。足がどうなっているか、黒い服の裾がカーテンのように垂れていて、よくわからないのだが、両足のつま先が背中側から少しだけのぞいており、正座は崩していないことは明らかだ。座ったまま、爪先だったりしているのではない。

「ああ、ありがたやありがたや」

「もったいのうございます」

信者たちは、手をすりあわせて祈る。涙を流している若い女性もいる。京輔も、ショックを受けた。感動した、と言ってもいい。

玲は、白目を剝《む》いたままだ。その身体はぴくぴくぴくと細かく震え、顔面はひきつり、涎と鼻水を垂らしている。

「今、神がこの女神の身体にお入りになっておられます。神は男性なので、女神も男の顔になっておるのがおわかりか。目の前で起きていることを、じっくりとご覧《ろう》じろ。少しでも疑わしい点あらば、遠慮会釈なくおっしゃっていただきたい。そうすれば、その疑念を払い申そう。全ての疑いの気持ちが晴れたならば、どうか曼陀羅華の神をご信心なされ」

誰も、疑問を口にする者はいない。みな、完全に奇跡を肯定しているようだ。ただ、総髪の男だけは、腕組みをして壁にもたれ、抉《えぐ》るような眼差《まなざ》しを玲に送っている。連れの男は、横を向いて、欠伸《あくび》を隠している。

十五分ほどして、玲はゆっくりと降りてきた。白目を剝いたまま、正座している。

「では、最後に、本日の〈み言葉〉をいただきましょうぞ」

道鰻は、五十センチ四方ぐらいの紙を取り出した。縦横にます目が切ってあり、五十音が「あ」から「ん」まで墨で書いてある。牛乳瓶のふたのような円盤を中央におく。

「どなたにご参加いただこうか。——ご見学に来られたあなた、こちらへ」

道饅は、京輔を指さした。京輔は、道饅のぎょろりとした目ににらまれると、ふらふらと立ち上がり、気がついたら、道饅の前に座っていた。

円盤の上に、玲が指を置く。うながされて京輔も指を重ねる。玲の指の温度が京輔の指に伝わってきた。

「よろしいかな。目を閉じて、頭の中を空白になされ。神の力が円盤に伝わると、ひとりでに動きはじめ申す。その時、自然の力に逆らってはいけませぬぞよ。指は軽くのせるだけ。あとは円盤が神の言葉を伝え申す」

円盤が、ぴくっぴくっと震えはじめ、紙の上を少しずつ滑りだした。

(これは……ひとりでに……なのだろうか。少なくとも、ぼくは何もしていない……)

円盤の動きは次第になめらかになっていき、ある文字の上で止まった。

「か」

信者たちが、声をそろえて文字を読む。円盤は、また動きだし、——止まる。

「め」

これは、こっくりさんじゃないか、と京輔は気づいた。小学校の頃、こっそりとやったあの遊び……。ぼんやり回想にふけっている間に、降霊の儀式は終わったようだ。信者たちが、騒いでいる。

「亀川《かめかわ》さんが、お身内さんだって。うらやましいわ」

「ご熱心でいらっしゃったから」

京輔が隣の中年女性にたずねると、神託は「か・め・か・わ・と・の・お・み・う・ち・に」となったらしい。何のことだ？　部外者の京輔にはよくわからなかったが、信者の中に、周りのみんなから祝福されている女性がいる。まだ若い、ショートカットの美人だ。

「あんた、よかったわねえ。私らの分まで、ご奉公してきてよ」

「本当。私も、早くお身内になりたいわ」

道鰻が言う。

「亀川さんが、神の御意に召したようです。亀川さん、次回からお身内の集まりに出席していただけますかな」

「よ、喜んで」

その女性は、緊張ぎみに頭を下げる。

「いかがでしたかな。あなたは、指に力を入れておりませんでしたな」

道鰻が、いきなり京輔に話しかけた。

「は、はい……その……上に置いていただけでした」

「すると、円盤がひとりでに動きだしたと」

「――え？　あの……そうです」

自分は置いていただけだけれど、玲のことはわからない。京輔はそう言いたかったが、声にならなかった。

道鰻は、信者に向かって声を張り上げた。

「見られよ。曼陀羅華命のお力なり。神は、信者でもないこの少年の純粋な心を見抜き……」

道鰻は京輔の右手をつかみ、皆に示した。

「この手に、ご降臨あそばされた。ゆめ、疑うことなかれ」

信者たちは、京輔の手のひらに向かって平伏した。彼は、純粋な心の持ち主と言われて、悪い気はしなかった。

「真霊、ご昇天。そいやあああああっ！」

道鰻は、大声でそう叫ぶと、扇子で膝《ひざ》をぴしゃりと叩いた。その音とともに、玲は道鰻の腕の中に崩れ落ちた。京輔は、玲が死んだのではないかとあわてたが、彼女の頬にはすぐに赤みが戻り、こわばりも消え、数分後には弱々しい笑みを浮かべて、目を開いた。

それで、講話は終わりだった。信者たちは三々五々帰途についたが、京輔は玲のことが気にかかる。できれば、少しの時間でも話したいと思ったのだが、道鰻が彼女を連れて、すぐに奥に引っ込んでしまい、果たせなかった。やむをえず、彼は後ろ髪をひかれる思いで外に出た。すでに日は沈み、気の早い星がまたたいている。京輔はどことなく興奮し、どことなく釈然としない気分で、バス停への道を急いだ。

角を曲がろうとしたとき、ぽんと背中を叩かれた。振り返ると見知らぬ小柄な中年女性が立っていた。髪を染め、薄茶色のサングラスをかけている。

「ねえ。さっきはなかなかやったじゃない」

なれなれしい口調。京輔は、いぶかしげに女を見た。

「君、集会に来るのははじめて？」

「ええ。今日は見学ということで……」

「嘘じゃないでしょね」

「どうしてあなたに嘘をつかなきゃならないんですか」

京輔は、むっとして言ったが、女はまるで意に介さず、

「いやいや、サクラかなと思ったのよね」

「サクラ？」

「はじめて見学に来たにしては、円盤の動かし方なんか、手慣れすぎてると思ってね」

「サクラなんかじゃありません。だいいち、あなたはどうしてさっきのことを知ってるんですか」

「私、かなり遅れて入室したのよ。奇跡の始まる直前にね。受付の人に、今入ったら女神さまの心を乱すとか言ってとめられたけど、無理矢理入ってやったの。面白いものを見せてもらったわ」

女は喉《のど》の奥でくくく……と笑った。

「で、君はどうしてあんなもの見学に来たの？　受験戦争に疲れて、宗教に安らぎを求めて、というわけかな」

「そんなんじゃありません。ぼく……女神の……檜山玲の友だちなんです」

女は目を丸くし、口笛を吹いた。

「へえ……これまた、犬も歩けば棒に当たるというやつね。好都合だわ。どう、これからお茶でもつき合わない？　ゆっくり話をしたいのよ」

京輔は、独り合点してにやにや笑っている女が気味悪くなってきた。

「あなたは誰です」

「新聞記者よ。ある事件を追ってさっきの集会に潜り込んだんだけど、なかなかビッグなネタを拾えそう。君にも協力してもらいたいのよ」

「協力？　何をです」

「あの教団の嘘を暴くのよ。君と一緒にやればうまくいくわ。どう、一緒に手を組んで……」

「おい、木村」

低い声が背後からかかった。サングラスの女は首をすくめ、振り返った。

「あら、ベニーさん」

京輔も後ろを見ると、さっき集会にいた外国人みたいな長身の男と猫背を丸めた風采《ふうさい》の上がらないその連れが立っていた。

「芳垣だ。――おまえ、俺たちを尾《つ》けたな」

「ご冗談を。尾けるのはそちらのお仕事ですわ」

「この事件に首を突っ込むな。今度見かけたら捜査妨害でぶちこむぞ」

「そんなことできます？　私は国民の知る権利を代表してるんですよ。自由な報道を警察が権力をもって規制するというのは……」

「Shut up！　とにかく子供を巻き込むな。とっとと失《う》せろ」

「じゃあ、今日のところはとっとと失せますが、一つだけ教えてください。あの教団、例の事件とどう関わりがあるんですか」

「No comment」

芳垣と名乗った男がそう言うと、女は薄笑いを浮かべて、

「また、来ます。これはとんだ大ネタにぶつかったみたい。絶対逃しませんからね」

そう言い捨てると、わざとのろのろと見せつけるように歩み去った。

「今の人……新聞記者じゃないんですか」

京輔が言うと、芳垣はかぶりを振り、

「フリーライターだ。それも、でたらめな煽情《せんじょう》記事を書いてそれを雑誌社に高く売りつける、一番タチの悪いやつだ。ああいうやつとは関わり合いになるな」

「ええ……でも、あなたたちはどこの誰ですか。捜査妨害って言ってましたよね。もし

かしたら警察の人ですか」

芳垣は連れの男と顔を見合わせて、

「まあ、そういったようなもんだ。さ、早く帰りなさい」

京輔はまっすぐに芳垣の顔を見上げた。

「警察の人だったら、教えてほしいんです。あの……あの……」

「何かね」

「あの教団、何か問題があるんですか。後ろ暗いことがあるんでしょうか」

「いや……それは……」

「お願いします、教えてください！」

京輔は頭を下げた。

「ちょっと気になるところがあるから内偵してるだけなんだ。だから……」

「お願いします。お願いします」

集会で見た玲の空中浮遊とお告げ……玲がすっかり変わってしまったことへの不安感が一気に噴き出した。

「あの子……女神さまはぼくの……中学のときの友だちなんです。もし、玲が……ヤバいことに関わってるとしたら……ぼくは……」

芳垣とその連れは再び顔を見合わせた。

＊

少し離れたところにある喫茶店で、京輔は、二人の男と向かい合って座っていた。彫りの深いほうは警視庁のベニー芳垣警部、風采の上がらないほうは、忌戸部署の鬼丸という刑事だと名乗った。

「捜査の秘密をあかすわけにはいかないが、ええと……」

「藤森《ふじもり》京輔です」

「京輔くん、君の友だちの巫女《みこ》については、私たちが何とかする。あの教団には近づかないほうがいい」

「やっぱりインチキなんですか」

「──たぶんな」

「でも……奇跡が起こったのを見ました。あなたたちも見たでしょう？　玲は……女神は空中に浮いたじゃないですか。だったら、超自然の力を信じるしか……」

「人間は、空気より重い。誰もが知っている常識だ。だから、人間は空中に浮くわけはない。これは、常識から引き出した結論だ」

「でも……ぼくはこの目で……」

「それじゃ君は、女神の足の下に何もないことを確認したのか？　黒く塗ったピアノ線か何かで身体を吊り上げていないことを確認したのか？　空中に浮くぐらい、プリンセス天功でもやるぞ。あの現象が超自然の力によるものだとちょっと見ただけで断言できるのか？」

　そう言われて、京輔は口ごもった。

「私は、どちらかというと超自然の力を認めているほうだと思う。でも、それは私の『常識』の範囲がほかの人間よりも少し広いというだけで、非科学的な立場に立っているわけではない。女神がどうして浮いたように見えていたか、私の意見を言おうか。——いや、まず鬼丸くんの意見をきこう。君はどう思った？」

　急に話を振られて、鬼丸という刑事はびくりとしたが、

「そうですね……」

　京輔のほうを向いて、

「俺が思うに、あの子は浮いてたんじゃない。身体が三十センチほど上に上がっただけだ。足もとは黒い、裾《すそ》の長い服に隠れて見えなかった」

「でも、つま先は見えていました。床から三十センチぐらい上にありましたよ」

「正座を崩していないということだな。——あの子が持っていた、両端の尖《とが》った、五十センチほどの金属棒を覚えているか」

「ええ」

「あれは、独鈷杵《とっこしょ》といって、修験道などで使う仏具なんだ。女神はあれを床に垂直に立

てて両手でつかみ、身体を持ち上げてるんだと思う。裾の長い衣装を着ているから、中で手が棒を握っていても、外からは見えないわけだ」

「無理でしょう！　いくら玲の体重が軽いとしても、正座の姿勢を崩さずに、両手で棒につかまって、自分自身を持ち上げるなんて……たいへんな握力と腕の力がいりますよ」

「それに、プロレスラーなみの腹筋力もな」

「玲にそんな力はありませんよ」

「それが、あるんだ。我々、誰にでもある。火事場の馬鹿力ってあるだろ。人間は、精神の持ち方一つで、もの凄《すご》いパワーを身体から引き出すことができる」

ベニーがうなずいて、

「ふふふ……私の見立てと同じだな。さすがは鬼丸くんだ」

「同じなら、俺に振らずに自分で言えばよかったのに」

ベニーは鬼丸の言葉を受け流し、京輔に言った。

「それだけではない。私の見たところ、あの子は催眠にかけられていた」

「催眠？」

「道鰻が『真霊、ご降臨。おいやあああっ！』と声をかけた瞬間、顔つきが変わっただろう？　あれは催眠状態に入った証拠だ。おそらく女神に意識はないと思う。道鰻の言葉をきっかけに催眠に入る、後催眠の状態になっていたんだろう」

「後催眠？」

「あらかじめキーとなる言葉や動作を被術者の深層心理に植えつけておく。一旦《いったん》催眠が覚めたあとも、その言葉や動作を与えれば再び催眠状態に戻る。この場合、道鰻の言葉がキーになっているわけだ。訓練次第では、ちょっとした合図で、術者が側にいなくてもすぐに催眠状態に入れるそうだ」

京輔は、玲の「男のような顔」を思い出していた。涎《よだれ》や鼻水を垂らした、もう一つの顔……。

「暗示をかけられている彼女は、キーワードを耳にした瞬間、自分の中から、化け物じみた力を引き出しているんだろう。——鬼丸くん、きみは集会が終わったあと、女神が座っていたあたりの床を調べていたね」

「ひとのことをよく見てますね」

「どうなっていた？」

「何か固いものを押し当てたようにくっきりへこんでました。まあ、証拠といえるかどうかわかりませんけど」

京輔には信じられなかった。

「でも……そんな簡単なことで、浮いているように見えるなんて……」

ベニーは目を細め、

「みんな、あんな小柄な少女がそんな力を持っているはずがない、という先入観を抱いている。それで、だまされるんだ。講話が始まるまでに、女神が宙に浮くことがある、という話を耳にしなかったかい？ その時点で、君の中にはすでに先入観ができあがっている。だから、頭が三十センチほど持ち上がっただけで、『浮いてる！』となってしまう」

京輔は、だんだんと腹が立ってきた。稚拙なインチキに手もなくだまされた自分に、だ。

「それじゃ、あのこっくりさんみたいなやつも……」

「外国ではウイジア盤といって、霊界との交信に使う。新興宗教では、教祖が神懸かりになって、直接、口頭で神の言葉を伝えることが多いが、〈お筆先〉と称する自動筆記やさっきみたいなウイジア盤が使われる場合も珍しくない」

「円盤は勝手に動いたんです」

「すると可能性としては、もう一人が動かしたということになる。トリックというほどのことでもない。円盤の上に指を置いている二人のうち、一人は単に指をそえているだけとすれば、円盤は、残った一人の思うとおりに動かせるわけだ。女神は事前に〈み言葉〉の内容を教えられていて、後催眠状態になったとき、そのとおりに指を動かすように暗示をかけられているのだろう。そこに、信者でもない見学者が参加すれば、劇的効果はいよいよ高まる。君は、知らないうちにサクラにされていたわけだ」

京輔は、唇をかんだ。

「〈み言葉〉が道鰻の指示によるものだとすると、その内容が問題となる。さっきは、亀川という女性を〈お身内〉にしろ、というお告げだったな。〈お身内〉か……」

ベニーは、しばらくじっと考えこんだあと、コーヒーの残りを飲み干すと、

「これで、あの教団がインチキだということがわかっただろう？　二度と近寄るんじゃないぞ」

そして、京輔をむりやりうなずかせた。

ベニーがレジで支払いをしている間、京輔はぼうっとして外の人通りを眺めていた。いろいろなことがありすぎて、それらが頭の中のしかるべき位置におさまってくれない……そんな感じだった。

（警部さんは二度と近づくな、警察に任せろと言ってたけど……本当にそれでいいのかな……）

京輔が自問自答していると、鬼丸という刑事が近寄ってきた。彼は京輔の耳に口を寄せると、囁《ささや》くように言った。

「あの娘が毎日催眠術をかけられているとすれば、精神的にきわめて危険だ」

「え？」

「教団に近づくな。でも、あの娘から目を離すな。――あの子のことが大事だったらな」

早口でそう言うと、鬼丸刑事はすたすたと店の外に出ていった。鬼丸の言葉は、ナイフのように京輔の頭の奥深くに突き刺さった。

＊

「あの子供に何を言った？」

ベニーは鬼丸をとがめたが、彼は知らぬ顔で、

「後催眠だのウイジア盤だの、警部殿はいろいろとお詳しいですね」

「ロスでもそういう事件があって、いろいろ研究したんだ。ハリウッドは新興宗教が多いからな。空中浮遊のトリックも暴いたことがあるが、それは、もう少し大がかりな、マシンを使ったマジックだった。さっきみたいな小手先の技はかえって見破りにくい」

「でも、看破なさいました」

「きみも見破っていたじゃないか。おあいこだ」

「でも、もう一つ、可能性がありますね」

「それは気づかなかった。少し考えさせてくれ」

ベニーはしばらく沈思していたが、

「わからん。——なんだ？」

「実は本当に霊が降りているという……」

ベニーは声をあげて笑った。陰陽師《おんみょうじ》が霊を笑うというのはいかがなものか、と鬼丸は思ったが、口には出さなかった。

「今日一日で解決というのは無理だったが、手応《てごた》えはあったな」

「お疲れ様でした。あとは、忌戸部署にお任せください」

「そうはいかない。絶対にまた来るよ、鬼刑事くん。この事件は、ふたりで解決しようじゃないか」

そう言って、ベニーは鬼丸の顔をじっと見た。その魅力ある目つきに、鬼丸は思わずうなずきそうになり、あわてて自制した。

「残念ながら、警部殿は今日一日だけの臨時参加です。明日は本署に戻り、べつの事件で腕を振るってください」

「そう無下にするなよ。六壬式占によると、私はすぐにでも忌戸部署管内に帰ってくる定めらしい。楽しみにしていてくれ」

「はあ……」

ため息をついた表情が露骨に嫌そうだったようで、鬼丸はベニーに額を小突かれた。

＊

図書館で勉強とは言ってあったが、家に帰ったのは九時すぎだったのに、母親は何も言わなかった。なぜか、家の中がどんよりとした暗さで覆われている。京輔一人で夕飯を食べていると、姉の真由美がため息をついた。

「秀夫さんが、曼陀羅教に寄付したの。一千万円もよ」

「そんな大金、よく持ってたね」

「結婚資金に貯めていた分よ。それに、親名義の定期預金も、印鑑持ち出して勝手に解約したらしいし、サラ金からもすごい額の借金をして……」

「そんな……」

「どうしても、お身内さんとかいうのになりたいんですって。そうなれば、世の終わりが来ても助かるんだって。どうせ世界は滅びるんだから、お金なんて持っていてもしかたないんだって。全部……私のためなんだって。何言ってんだか……」

真由美は吐き捨てるように言った。

「もう私たちは終わりよ。あんたもひどい友だちを持ってるわね。女神だか何だか知らないけど、人をだましてお金を出させるなんて、最低だわ！」

真由美は涙ぐみながら、荒々しい足取りで部屋を出ていった。

＊

深夜三時。鬼丸は、そっと独身寮を抜け出した。

人気のない道を十五分ほど歩くと、さびれた繁華街の端に〈スナック女郎蜘蛛〉という店がある。マリリン・モンローの顔をした大きな蜘蛛《くも》が描かれた、あちこちひび割れたピンク色の看板が何ともいかがわしい。ドアにはすでにクローズドのパネルが掛けられているが、鬼丸は中に入った。客は一人だけ。頭が人一倍大きい、小柄な老人だ。顔は皺《しわ》一つなく、ビニールでできているかのようにつるつるしている。老人に会釈すると、カウンターのまん中のスツールに鬼丸は、どっかり座った。昼間は微塵《みじん》も感じられなかった気迫のようなものが、全身から溢《あふ》れ出している。丸めていた背中を伸ばすと、背丈も体つきも倍ほどに見える。眉《まゆ》を寄せ、口を引き結んだ顔つきは、獲物を追う豹《ひょう》のように精悍《せいかん》だった。

「いらっしゃい。お疲れのご様子ね」

年齢不詳の和服のママが言った。

「ああ……あいつと組まされると、どうしてもな……」

「例の陰陽師ですね」

そう言いながら、真っ黒のサングラスを掛けた、痩《や》せたバーテンが、タンカレー・ジンのボトルを鬼丸の前に置いた。鬼丸は、大きめのグラスにジンをなみなみと注ぎ、がぶりと飲むと、頰のこけたバーテンに言った。

「で……頼んであったこと、わかったか？」

「ええ。以前はまるで目立たない教団だったのが、一年半ほど前、教祖の江川道鰻が親《しん》戚《せき》の娘を引き取って以来、あれよあれよという間に信者が増えだしました。娘は、毎日のように奇跡を起こし、それが口コミで主婦や商店主なんかに広がって、信者はどんどん増えていってるみたいです。女神さまの人気で大繁盛というところですね」

「曼陀羅教という名前からして、密教系かね」

老人が口を挟むと、バーテンはかぶりを振り、

「最近の新興宗教のパターンで、仏教、神道、キリスト教、オカルト……何でもありです。まあ、強いて言えば、古神道がベースでしょうか」

「ヤバいのか」

と鬼丸。

「ヤバいヤバい、大ヤバです。あたしが調べたところじゃ、曼陀羅教には、信者からの寄付で相当な額の金が集まってました。道鰻はその金を土地や株に投資して運用していたんですが、株の仕手戦に手を出して大損をしたようです。教団の経営は火の車。道鰻はウン億単位の借金を背負っているはずです」

「信者さんに、そのことを公表したらどうかしら」

とママが言うと、鬼丸が三杯目のグラスを干して、とん、とカウンターに置き、

「まず信じないだろうな。ああいう連中は、教祖に心酔しているから、よほどの物的証拠をつきつけてやらないと、目が覚めんだろう。みんな、毎日のように集会に通い、多額の寄付をしてきたわけだから、それが全部嘘でした、となるような話は、信じたくもないだろうしな。――それより、俺が今、一番興味を持っているのは、お身内さんとかいうやつだ」

「そいつもわかりました。曼陀羅教では、一般の集会の他に、月一、二回、〈お集まり〉と称する特別の集会があるんです。それに参加できるのは、お身内さんと呼ばれる選ばれた者たちだけ。たいてい〈み言葉〉とかいうご神託で直接名指しがあるようです。これに選ばれることは、信者にとってたいへんな名誉らしくって、みんな、お身内になりたくて、集会に通ってるようですよ」

「お身内になると、何か特典があるのか」

「そこまでは……。〈お集まり〉の内容は非公開で、徹底的な秘密主義なんでね。ただ、これはあたしの個人的見解なんですが、お身内に選ばれるのは、どうも金持ちか若い男女に限られるようです。歌手、俳優、タレント、流行作家、会社経営者……お身内に選ばれた金持ち連中は、例外なく多額の寄付を納めるようになりますし、みんな教団から離れられなくなってるみたいです」

「〈お集まり〉には何かあるな。こないだ飛び降りたという男の身元を特定したいが、信者の名簿を出せといっても、はいそうですかというわけはないし……」

鬼丸は、老人に向き直ると、

「ぬらりの旦那《だんな》ならご存じだろう。腹を引き裂いて、臓物を持ち去るような〈物っ怪《もけ》〉に心当たりはないか」

「そうだな……」

老人は巨大な頭部をつるりと撫《な》でると、

「人を喰《く》う〈物っ怪〉は数多いが、臓物だけを取るとなると……〈安達ヶ原《あだちがはら》の鬼婆《おにばば》〉、〈肝取《きもと》り〉、〈カンチキ〉、〈シリコボシ〉、〈魍魎《もうりょう》〉……」

と数え上げていたが、ふとバーテンの顔を見て、

「そういえば、〈河童《かっぱ》〉も、尻子玉《しりこだま》を抜くとかいって、人間の内臓を喰うな」

「ご冗談を。河童が喰うのはキュウリだけです。あんな人畜無害の〈物っ怪〉はいないっすよ」

バーテンは顔をしかめ、きゅっきゅっと音をたててグラスを磨く。

「だが……どれもこの界隈《かいわい》にいるとは聞いとらんがな」

鬼丸は深いため息をついた。

「陰陽師《おんみょうじ》さんは、まだ鬼丸さんの素性を疑っているの？」

ママがたずねた。

「だろうな。なにかとつきまとってきて面倒くさい」

「思いきって……喰っちゃえば？」

「ば、馬鹿言うな。ここは法治国家だぞ」

「あたしもそれをおすすめしますよ。やっかいなことにならないうちに」

鬼丸はゆっくりかぶりを振り、

「それがその……なかなか切れるやつなんだ。陰陽師としてはともかく、刑事としては相当優秀だ。今の日本の警察に必要な人材だと俺は……」

ママがあきれ顔で、

「鬼丸さん……」

「なんだ?」

「あんた、惚《ほ》れたんじゃないの?」

「そんなのじゃない。今度のヤマはどうしても解決しなくちゃならないし、それにはあのへっぽこ陰陽師の力がいる、というだけだ」

鬼丸は舌打ちした。

＊

京輔は、あの日以来、ほとんど眠ることができなくなっていた。学校でも家でもぼうっとして過ごしていた。疲労と睡眠不足で、何も考える気になれない。目を閉じると、極彩色の化粧をほどこした玲の顔が浮かんでくる。目をあけると、今度は中学の頃の、おとなしかった玲の顔が浮かんでくる。京輔は、玲の生霊に憑《つ》かれたようになって、このままでは頭がおかしくなりそうだった。

その日。終業のチャイムが鳴り、京輔はだらだらと下校の準備をした。校門のところまで来ると、驚いたことに、玲が立っていた。

「――京輔くん……」

玲は、かろうじてそれだけ口にすると、ずっとこらえていたのか、涙をぼろぼろこぼした。京輔はあわてて彼女の手を引いて、少し離れた路地に連れ込んだ。誰も見ていないことがわかると、玲は京輔の胸にしがみついてきた。中学の頃なら、絶対に見せなかっただろう大胆な行動だ。腕の中に感じる彼女の重さ、熱さ。京輔は玲の背中に手を回し、強く抱きしめた。周囲の目とかは、まるで気にならなかった。彼女の腕はほっそりとしていて、筋肉もついておらず、あの総髪の刑事が言ったように、空中浮遊時、この腕で全体重を支えているとはとても思えなかった。

「私……京輔くんにだけは、見られたくなかった。あんな姿……」

玲はやっと泣きやむと、

「どうして、来たりしたの」

「君に、会いたかったから」

それを聞くと、玲は泣き笑いのような顔つきになり、京輔の腕の中からすり抜けると、

「もう来ないでね。お願い」

こわばった笑みを浮かべて、そう言った。

「あそこに近寄っちゃだめ。危険だから」

「危険？　どういうこと？」

玲は、それには答えず、

「早く帰らないと、集会にまにあわないわ。それじゃ……もう会えないと思うけど……

さよなら」

わざと軽い口調でそう言うと、くるりと向きを変え、行こうとする。

「待って。一つだけ聞かせてくれ！」

京輔は叫んだ。

「君は……本当に神様と交信しているのか」

玲の身体が小刻みに震えだした。

「ぼくの姉さんの婚約者は、姉さんとの結婚資金を全額曼陀羅教に寄付してしまったよ」

言ったら、お互いが傷つくのはわかっていた。でも、言わずにはおれなかったのだ。

五分以上にわたる長い沈黙のあと、玲は京輔に背を向けたまま、絞り出すように言った。

「――私……本当言うと、何もわからないの。お義父《とう》さんが扇子で膝《ひざ》を叩《たた》くと、意識がすうっと遠のいて……あとは……あとは何も覚えてないの」

「宙に浮いたりしてるんだぞ。まるっきり覚えてないのかい」

「嘘じゃないわ！　お願い……信じて」

玲の目は再び潤んでいた。

「私、怖いの。みんな、私が宙に浮いたとか、予言をしたとか言うけど、自分では全然知らないのよ。自分が自分でなくなっていくような気がして……。本当に、私はみんなが言っているようなことしているの？　私って、怪物になってしまったの？」

「刑事さんが、君は催眠術にかけられてるって言ってたよ。毎日そういう状態になるのは危険だとも……」

「あの、こっくりさんみたいなやつも覚えてないのかい？」

玲の顔が暗くなった。

「………」

「――集会の前にお義父さんが……」

玲は、お義父さんという言葉を口にするたびに、辛《つら》そうな表情になる。

「お義父さんが、今日の〈み言葉〉はこれこれ、と教えてくれるの。実際に円盤を動かしている時は、気を失っているからわからないけど……」

やはり、そうか。〈み言葉〉は事前に決まっていたのだ。玲は、道鰻に催眠術で操られているのだ。京輔の身体の中に怒りが膨れ上がっていった。

「でも……でもね……」

玲は、振り向いた。化粧っ気の全くない顔。これが、あと数十分後には、けばけばしい隈取《くまど》りのような厚化粧に彩られることになるのか。

「最近……〈み言葉〉の儀式がうまくいかなくって、お義父さんに叱られることが多いの。お義父さんに教わったとおりに私が円盤を動かしてないみたい。私は……意識がないのに……私のせいじゃないのに……。神さまの名前を騙《かた》って、お告げや予言まがいのことをするなんて……もう耐えられない。神さまがほんとにいるのかいないのか、私にはわからないけど……きっと神罰がくだるわ。お義父さんに何度そう言っても、神だの妖怪《ようかい》だのいるわけがないって言って、聞いてくれないの……」

「玲、ぼくは……」

京輔は、玲に向かって一歩踏み出した。

「私、もう本当に行かなきゃ。お姉さんには悪いことをしたと思うわ。お姉さんだけじゃない。何百人という人に、私、とんでもないことしてるのね……。死んだら地獄に落ちるわ。いや……今もう地獄にいるのかも」

「玲……」

「京輔くん、もう二度と来ちゃだめ。絶対に、絶対に来ちゃだめよ。それを言いにきたの。——昔、あなたのことが好きだったから……」

「昔……」

「そう、昔よ。——今の私に、人を好きになる資格なんてないわ……」

玲は、そのまま後ろを振り向かずに走り出し、あっという間に見えなくなった。京輔の手の中に残ったのは、柔らかな髪の感触と、甘い匂い。

京輔は決心した。

＊

その足で京輔は、忌戸部署に向かった。このまえ会った鬼丸という刑事が、忌戸部署の刑事課に所属していると言っていたのを思い出したのだ。総髪の警部は、警視庁の人だと言っていた。カンエイジまで行くわけにはいかない。そして、あの二人以外に、警察官の知り合いはいない。

忌戸部署は、JR忌戸部駅の南口を出て、忌舞琶代《いみぶわしろ》公園のほうに延びる道の右手にある。署の前にはパトカーが五、六台とまっており、入り口には制服の警察官が二人、門番のように立っていた。どちらも仁王のように怖い顔をしていたので、何となく気後れがして、京輔は署の前を行き過ぎ、ぶらぶらとしばらく時間をつぶしたあと、再度気持ちを奮い立たせて、入り口目指して歩き出したが、やはり足がすくむ。京輔はため息をつくと、そこから十分ばかり歩いたところにあるコンビニに入ろうとした。そのとき、中から一人の制服警官が出てきた。歳は二十代後半ぐらい。鼻の横に大きなほくろがあるのが目立つ。優しそうな顔立ちだ。手に弁当と缶コーヒーを入れたビニール袋を提げている。

「あの……あの……」

京輔は思いきって、話しかけた。

「忌戸部署のかたですか」

「え？　ああ……そうだが」

「あの……鬼丸刑事さんにお会いしたいんですけど、今、いらっしゃるでしょうか。曼陀羅教のことで、どうしてもご相談したいことがあるんです」

「曼陀羅教だと？」

警官はぎろりと京輔を見た。

「残念だけど、今おらんよ。昼間は刑事はみんな、外まわりをしてるんだ」

「何時ぐらいに帰ってくるんですか」

「そうだなあ……まあ、夜中だろうな」

京輔はがっかりした。とてもそれまでは待てない。礼を言って帰ろうとすると、警官が後ろから呼びとめた。

「君は、ベニー芳垣警部や鬼丸刑事と親しいのか」

「こないだ、はじめて会って……喫茶店で少し話をしただけですけど……」

「それじゃあ、もうたずねてこんほうがいいな。刑事というのは、ものすごく忙しいんだ。アポイントをとらずに急に来ても、迷惑するだけだ」

「はい……でも……」

「君の名前と住所を聞いておこうか」

警官は警察手帳を取り出し、そこに京輔の名前と住所を筆記した。

「あの……お名前をうかがってもいいですか。何か新しいことがわかったらお知らせしたいんです」

警官は一瞬ためらったが、

「私は、刑事課の坂口《さかぐち》巡査だ。だが、新しいことがわかったら、とはどういうことだ。まさか曼陀羅教に探りをいれるつもりじゃなかろうな」

「え……その……」

「身の程知らずもいい加減にしろ。君みたいに興味本位で警察の真似事をするような輩《やから》が軽率さから事件を引き起こすんだ。家でおとなしくしてろ。いいな。警察にも曼陀羅教にも近づくんじゃないぞ」

そう言うと、ビニール袋を提げて警察と反対の方向に歩いていった。京輔は、出鼻をくじかれたような思いで、肩を落とすと、駅に向かった。

＊

釈然としない気持ちで自宅近くの駅改札を出ると、貸しロッカーにもたれていた薄茶色のサングラスをかけた女が近づいてきた。木村というフリーライターだ。

「もう待ちくたびれちゃったわ。ちょっと話しましょ。いい喫茶店を見つけておいたの。そこに行きましょ」

時間があるか、とかきこうともせず、木村は強引に京輔を喫茶店に連れ込んだ。京輔も、警察に門前払いされた悔しさがあるので、彼女の話を聞いてみる気になった。

「〈お集まり〉というのを知ってる？」

木村はいきなりそう切り出した。

「〈み言葉〉で選ばれた信者だけが参加できる秘密の儀式なの。場所も日時も何をやっているのかも明らかにされないけど、毎回、とんでもない額の寄付金が集まるみたい。私はあれから正式に曼陀羅教に入信して、毎日、集会に参加して、情報を収集してるんだけど、〈お集まり〉に教団の謎が隠されているのはまちがいないわ。何とかそれに潜り込んで……と思うんだけど、こればっかりは〈み言葉〉で参加資格をもらわないとどうにもならないの。どうやら、選ばれるのは、金持ちか若い男女、それも美男美女に限られてるみたい。私は残念ながらお金もないし、お世辞にも美女とはいいがたいしね」

京輔はうっかり「そうですね」と相づちを打ちそうになって、あわててその言葉を飲み込んだ。

「君は女神の友だちでしょ。うまくもちかけて、次の〈お集まり〉の日を聞き出してくれないかな」

京輔はかぶりを振り、玲から二度と来ないでほしいと言われたことを話した。

「だらしないわね。じゃあ、〈お集まり〉の日は、何とか私が調べるわ。この件はどうしても、一人じゃ無理なの。二人で協力すれば、うまく曼陀羅教の秘密を暴露できる。これ、特ダネになる予感がする。大スクープになるわよ！」

「ぼくはスクープとか特ダネとかどうでもいいんです。ぼくはただ……玲を助けたいだけなんです」

「わかったわかった。君がご立派なお考えなのはよーくわかったわ。私は特ダネを手にいれてモノにする。君は女神を手に入れてモノにする。それでいいじゃない？」

　言い方は嫌だったが、たしかにそういうことだ。

「でも……警部さんたちは危険だから曼陀羅教には絶対に近づくな、警察に任せておけって……今日も、忌戸部署に行ったら、お巡りさんに追い返されたんです」

「馬っ鹿ねえ、君も。警察になんか行ったらだめ。あいつらは、自分の手柄のことしか考えてないんだから。何もかも横取りされて、『捜査へのご協力、感謝します』の一言でおしまいよ」

「玲も……二度と来ないでって言ってたし……」

「あのねえ……」

　フリーライターは、コーヒーカップをテーブルに叩《たた》きつけると、

「煮え切らないのもいい加減にしなさいよ。あなたの彼女は、顔に絵の具を塗りたくられ、インチキの片棒をかつがされてるのよ。あの教団が裏で何をやってるかわからないけど、どっちにしてもあの娘はかなり危ない状況にあるわ。ぐだぐだ言ってる場合？」

　その言葉は、京輔の心臓を摑《つか》んだ。京輔は叫んだ。

「やります。ぼく、やります」

　木村がほくそ笑んだことは、サングラスに隠されて京輔にはわからなかった。

＊

「警視庁から各局」

「忌戸部3です、どうぞ」

「忌戸部管内、全裸の中年女性が、五階建て雑居ビル屋上から転落するのを目撃したとの一一〇番通報。現場は、西路ヶ丘八丁目三番二十一号徳山ビル。水泳の飛び込みをするようなポーズで飛び降りたとの、入電。同ビル三〇二号室のシガという女性からの通報です。担当深澤《ふかざわ》です、どうぞ」

「忌戸部3了解。現場方向、向かってます、どうぞ」

六分後。

「忌戸部3から警視庁！　現場到着したところ、黒ライトバンから降りてきた男一名が死体を抱え上げて運び去ろうとしました。取り押さえようとしたところ、死体を置いて、ライトバンで逃走。緊配お願いします」

「警視庁了解」

ただちに緊急配備が発令され、逃走した黒いライトバンの行方を追った。忌戸部署内に捜査本部が設置され、ほぼ同時に現場には六台のパトカーと忌戸部署、本庁の捜査員、鑑識課員総勢三十数名が到着し、周囲の捜査を開始した。

＊

翌朝八時半。第一回の捜査会議が、忌戸部署三階の会議室で開かれることになった。開会前、ベニーが、大勢の捜査員の中から鬼丸を見つけだし、声をかけた。

「言っただろう、すぐに戻ってくる、とな」

ベニーは鬼丸の手を握ろうとしたが、鬼丸はそれをかわして、

「律儀に約束を守らなくてもいいのに……」

「言っては何だが、こうなるのを待っていた。やっと大手を振ってこの件の捜査ができる。死亡者は米丸峰子《よねまるみねこ》。米丸電機産業の前社長夫人だ。歳は四十八歳。社長は、去年なくなったから、大金持ちの未亡人といったところだな」

「曼陀羅教との関係は」

「大ありだ。米丸電機の取締役をしている息子にきいてみたら、旦那《だんな》の死後まもなく入信し、三ヵ月ほど前にお身内さんとやらに選ばれたと大喜びしていたそうだ。きのうも、何とかいう儀式に行くと息子にはこっそり打ち明けていたようだが……」

「〈お集まり〉でしょう。一度かかわった信者は、例外なく多額の寄付金を納めるようになるそうです」

「曼陀羅教の金庫には金がうなっているというわけだな」

「道鰻は株の仕手戦で失敗して、借金は億単位だそうです」

ベニーは半ば感心し、半ば不気味そうに鬼丸を見た。

「どこで摑んできたネタだ」

「…………」

「一度、君の情報源を知りたいものだな」

ベニーはため息をつき、

「とにかく、やつらも馬鹿ではない。今回、死体を隠せなかったことで警察が動き出したのはわかっているはずだ。証拠を隠滅される前に、教団本部に踏み込みたいところだが……それだけの借金があるなら、しばらくは余裕があるかもしれんな」

定刻から会議がはじまった。最初に司法解剖の結果報告が行われた。直接の死因は、頭部の打撲による脳挫傷《のうざしよう》だが、胃の中から未消化の植物が大量にみつかった。そして、死体にはある種の薬物を摂取した形跡があった。植物と薬物の特定にはしばらく時間がかかるという。

ベニーは、一連の事件の背景に曼陀羅教という宗教団体があることを説明し、その信者が相次いで自殺と思われる死にかたをして、その死体を盗む、もしくは損壊したものがいる以上、曼陀羅教への強制捜査に踏み切るべきだと熱っぽく主張した。しかし、他の捜査員からの反応は芳しくなかった。ことに、副本部長の藤巻署長は、引きつった顔で言った。

「宗教団体の扱いは慎重のうえにも慎重にお願いしたい。証拠もなしに教団を強制捜査なんぞして、何も出てこなかったら、宗教弾圧だとか何だとかあちこちから糾弾されることになる。その矢面に立たされるのは私なんだ」

結局、黒ライトバンの男が教団関係者だという証拠は何一つないし、信者に変死者が二人でた、という程度では令状はとれまい、という意見が大勢をしめ、ベニーは主張を引っ込めざるを得なくなった。会議終了後、ベニーは鬼丸に言った。

「カルト教団を、宗教団体だからといって腫《は》れ物に触るように扱っていたら、とんでもないことになる。オウム事件の教訓がまるでいかされていない。アメリカではこんなことは……」

そこで言葉を切り、吐き捨てるように、

「Fuck you　！　そんなことを今言っても何の意味もない。ここは……日本なんだからな」

鬼丸は、ベニーを力づけようかと思ったが、結局やめた。鬼と陰陽師《おんみようじ》が手を組めるわけがない。そんなことは幻想にすぎないのだ。

＊

京輔の周囲に平穏な日常が戻ってきた。姉の真由美もやっと落ち着きを取り戻した様子で、教団のことを全く話題にしなくなった。だが、京輔はじりじりしながら日々を送っていた。

数日後、木村から興奮した調子で京輔に電話があった。

「次の〈お集まり〉の日をつきとめたわ。あさってよ。日曜日で、普通の集会は昼間にあるの。〈お集まり〉は、そのあと、夕方からだそうよ」

京輔は身体中の血がたぎるのを感じた。

「君は、昼間の集会に出席して。私は、その間に〈お集まり〉が行われる部屋を捜して、調べておくわ。集会が終わったら、一旦《いったん》帰るふりをして外に出て。私は、〈お集まり〉の部屋に隠れて、一部始終を見届けたら、お身内さんが全員出ていくのを待って、それから脱出するから」

「ぼくは？」

「教団の門のあたりで私が出てくるのを待っていて。お身内の連中が帰ってしばらくしても、私が出てこなかった時は、中に飛び込んで、部屋を片っ端からあけて私を助け出して。いい？　君だけが頼りなのよ。へましないでよ」

「警察に応援を頼んだらどうかな」

「まだわからないのっ！」

木村は大声で怒鳴り、京輔はびくっとした。

「いい？　そんなことしたら特ダネがふいになるじゃない。何のために苦労してると思ってんのよ、この馬鹿」

そして、ちょっと言い過ぎたと思ったのか、

「君と私はパートナーなのよ。しっかり頼むわよ」

京輔は、電話を切ったあとも、興奮を静めることができず、身体が火照ってきて、その夜はなかなか寝つけなかった。

＊

日曜日の昼前。京輔は、隠れるように家を出た。行き先は、曼陀羅教の本部ではなかった。彼は、忌戸部署に向かったのだ。前回と同じように門の前をうろうろしていると、一人の女性警官が通りかかった。

「す、すいません。忌戸部署のかたですよね。鬼丸刑事さんはいらっしゃいますか」

「鬼丸さんは今、出かけてるけど……何の用事？」

「その……曼陀羅教のことでお伝えしたいことがあって」

女性警官の顔が変わった。

「どういうことかしら。詳しく話してみて」

京輔はほっとした。

「ああ、よかった。前に、刑事課の坂口さんってかたにそう言ったら、さんざん叱られ

て、二度と警察に近づくなって言われちゃったんで……」

「刑事課の……坂口……？」

女性警官はきょとんとした表情になったが、

「まあ、いいわ。とにかく中に入って」

「それが……もう時間がないんです。すいませんが、この手紙、鬼丸さんにお渡しいただけますか」

京輔は、ポケットから封筒を取り出して、その女性警官に渡した。

「私は、刑事課の内山巡査です。たしかに受け取りました。君の名前と住所、教えてくれるかな……」

そう言って、彼女はポケットからメモ用紙を取り出した。

＊

曼陀羅教の本部は、以前とちがい、不気味な影をこちらに投げかけているように見えた。気の持ちようのせいだとわかってはいるのだが、建物全体が威圧感をもって京輔の前に横たわっているようだ。

受付を済ませて部屋に入ると、すでに数十人集まっている。隣のお婆さんに話しかけてみる。

「道鰻……教主様は、もともと何をしていらした方なんですか」

「伊勢神宮《いせじんぐう》で神主の修行をしてはったそうや。あんまり奇跡を起こすんで、気味悪がられて追い出された、と聞いたことあるわ。立派なお方やで」

京輔は感心したように大きくうなずいた。お婆さんは、なおも道鰻がいかに偉大かということをしゃべろうとしたが、その時、当の道鰻がいつものにこにこ顔で入ってきた。貫禄《かんろく》たっぷりの堂々とした態度を見ていると、俗世には縁がなさそうに見えるのだが……。

少し遅れて、玲が入ってきた。今日の化粧は一段と派手だ。しかし、顔には色濃いやつれが見え、表情は暗かった。玲は、しずしずと歩いていたが、京輔と視線があった瞬間、凝固したようになり、その場に立ちすくんだ。顔から血の気が引き、非難のまなざしで京輔をにらみつけた。彼女の視線は京輔に突き刺さり、彼はただちにこの部屋を出て、帰りたくなった。でも、それはできない。覚悟のうえで来たのだから。玲は引き剝《は》がすように京輔から目をそむけ、再び歩きだした。定位置に座ってからは、意識的に顔を横に向け、京輔を視野からはずしている。

京輔は、極度の緊張状態にあった。今頃、木村はスパイもどきに〈お集まり〉の場所を調べているはずだ。京輔は、道鰻の講話を聞いている間も、気もそぞろだった。

「真霊、ご降臨。おいやあああっ！」

道鰻が、扇子で膝《ひざ》をぴしっと叩《たた》き、その音で京輔は我に返った。玲は、以前見た時と同じ、催眠状態になっている。白目をむいて、口をだらりと開け……。何度見ても、つらくなる。

「上がりはった」

玲は、浮いていた。このあいだと同じだ。長い裾《すそ》を垂らしてはいるが、正座した形のまま足先は後ろから突き出ている。

京輔は、はっとした。例の金属棒が、横に置いてあるではないか。鬼丸刑事の話では、女神はあの棒を床につき立てて、それに両手でつかまっているはずだ。それが横に置かれているということは、鬼丸の考えはまちがっていたことになるではないか。やはり……玲は本当に浮いているのだろうか……。

京輔のそんな気持ちを見透かしたかのように、道鰻が金属棒を取り上げ、女神の足元をゆっくりと払った。棒は何にもぶつかることなく、黒い服の裾を持ち上げながら、足と床の間の空間を通過した。これで、女神が棒につかまって身体を浮かせているというベニー説は否定されたことになる。道鰻は、見せつけるように何度もその行為をくり返した。京輔は、混乱した。空中浮遊はトリックであり、曼陀羅教はインチキであるという前提で、告発を行うつもりだったのに、奇跡は本物なのか……。

道鰻は、続いて〈み言葉〉の儀式に移った。ウイジア盤が広げられ、玲と信者の中から選ばれた一人が、円盤に指を乗せる。この前、体験したとおりだ。ところが、途中から様子がおかしくなってきた。道鰻が、困惑した表情を浮かべだし、そのうち怒りの形相になった。ちらっちらっと玲の方を見るのだが、彼女は目を閉じていて、何の反応もない。

「き」

信者たちが、声をそろえて文字を読む。

「よ」

「う」

「す」

「け」

きようすけ？　京輔？　ぼくのことだろうか……。

京輔は食い入るように盤を見つめた。道饅は、真っ赤な顔で玲をにらみつけているが、円盤はするすると動いていく。〈み言葉〉は、最終的に、

き・よ・う・
す・け・が・
れ・い・
こ・ろ・す

となった。京輔は、全身の血がすうっと下がっていくのを感じた。

「京輔が玲、殺す」

（ぼくが玲を殺すという神のお告げなのか……まさか……まさか……）

道饅は、ぶるぶる震えながら玲を凝視している。玲の態度に変化はない。信者たちも、この〈み言葉〉をどう解釈していいのかわからず、ざわついている。

「真霊、ご昇天。そいやあああっ！」

道饅がそう叫んで、扇子で膝を叩くと、いつものとおり、玲はその場に崩れ落ちた。

何となくあと味の悪い雰囲気で、集会はおひらきとなった。信者たちはすぐに部屋を出たが、京輔は、奥の部屋に引っ込んでしまった玲と道饅のことが気になり、信者たちが全員出ていったのを見さだめて、そっと奥の部屋に通じるふすまを細く開けた。

「馬鹿ものっ！」

道饅が、玲の頬をはりとばすところだった。玲は、ぶざまに床に倒れた。頬には赤黒く手のひらの形がついている。助けたいという衝動と、このまま成りゆきを見守るべきだという理性が争って、結局、理性が勝った。というより、その場の凄《すさ》まじい殺気に圧倒され、金縛りのようになってしまったのだ。情けない。玲がひどい目にあわされているのに、足が動かない……。両目から涙がこみ上げてきた。

「どうして勝手なことをした！　あれはいったい何だ。おかげで〈み言葉〉がめちゃくちゃだ。今日は、A製薬の社長をお身内にするように言っておいただろうが。それを、あんな変な〈み言葉〉を……」

「私……何もしてません」

　玲は、泣きながら言った。

「お義父《とう》さんも知ってるでしょう。私は、何にも覚えていないの。どういうお告げがあったかも知らないんです」

「嘘をつけ。俺はちゃんと暗示をかけた。おまえ、俺に逆らうつもりか」

「そんな……本当に何も知らないんです。でも……もしかしたら……本当に神さまのお告げがあったのかも……」

「神さまだと？　神などいるわけがない！」

　道鰻は、吐き捨てるように言った。

「教えてください。お告げには、何とあったのですか」

「きょうすけが何とかいってたな。そう、確か、きょうすけがれいころす、とか……」

　玲の顔が、こわばった。

「玲というのは、おまえのことか。おい、きょうすけという名前に心当たりがあるのか」

　そこまで言って、道鰻は急に後ろを振り向き、京輔は逃げようとしたが、彼がふすまを開けるほうが早かった。

「何をしている！」

　鋭い目で、道鰻は京輔を見すえた。

「あの……ちょっと忘れものをしまして。さよなら」

京輔はへらへら笑いながら部屋を出て、建物の外まで一気に走り出た。

＊

それから、十時間ほどが経過した。京輔は、教団の門がよく見える植えこみの陰に隠れて、じっと木村が出てくるのを待った。もう午前二時近い。親には何も言ってこなかったので、きっと心配してるだろうとは思うが、今ここを動くわけにはいかない。

門からは、誰一人出てこない……と思ったら、十五人ほどがかたまってぞろぞろ現れた。顔を隠すようにして、門を出るや三々五々散っていく。何かやましいことをしてきたところのように思える。この前の〈み言葉〉でお身内さんになった亀川という女性がいる。どこかで見たことのある顔だと思ったら、衆議院議員のKだ。テレビタレントのFもいるではないか。モデルのようにスタイルのいい美人もいる。本物のモデルかもしれない。皆、顔を上気させて、秘密を共有している者に共通の忍び笑いを浮かべながら、ゆっくりゆっくり歩いている。

彼らお身内さんが行ってしまったあとも京輔はじっと待ったが、木村は出てこなかった。十分……二十分……一時間待っても出てこない。不安が次第に風船のように膨れ上がってきた。何かあったのだろうか。玲はどうしているだろう。道鰻に叩かれたところは痣《あざ》になっていないだろうか。あのとき、思い切って助けに飛び込むべきだっただろうか……。

　気がつくと、京輔は、ふらふらと門をくぐり、教団の中に入り込んでいた。すでに玄関や受付は消灯され、まっ暗だった。ものにつまずかないようにそろそろ歩く。静まりかえった建物の中は、中年女性たちのしゃべり声であふれていた昼間とはうって変わって、針を落とす音さえ聞こえそうだ。どんなに注意をしても、足が床を踏みしめるたびに、ぎしりという音がする。階段がある。下向き……ということは、地下に降りるものだ。ためらった末、一歩踏み出す。踊り場。まだ、下がある。地階に着いた。廊下が左右に延びている。迷ったあげく、右へ行く。つき当たりの部屋の扉のすき間から、明かりが漏れている。京輔は、光に魅せられる蛾のように、そちらへ進んでいった。

「助けてえっ！　ここ殺されるうっ！　嫌あああああっ！」

　女性の絶叫が、廊下に響きわたった。まちがいない。木村の声だ。京輔は、声が聞こえた場所……明かりの漏れる部屋に駆けつけ、ドアを開けようとした。中から鍵《かぎ》がかかっている。満身の力を込めてドアを引っぱり、

「木村さん！　大丈夫ですか！　返事してください！」

　自分の置かれている状況も忘れて、叫んだ。廊下にいっせいに明かりがつき、振り返ると、道鰻を先頭に数人の男たちが走ってくる。

「誰や、おまえ。あ、こいつ、昼間に集会に来とったやつや。こらあ、いてもたろか！」

「教主さま、どういたしましょう。ほっておくと面倒なことになりますぜ」

派手なネクタイを締め、サングラスをかけ、口髭《くちひげ》を生やした男たち。どう見ても堅気ではない。京輔は、恐怖に失禁しそうになったが、道鰻が彼らを制して、

「中のことが気になる。ドアを開けてみろ」

男たちは、鍵がかかっていることがわかると、全員で何度も体当たりをした。みしっと木が裂け、ドアが開いた。京輔は道鰻を押しのけて、真っ先に部屋に飛び込んだ。道鰻たちもどやどやと彼に続いた。どうやら物置として使用している小部屋のようだ。入ってすぐのところに映写機用スクリーンが立て掛けてある。ホワイトボードやビデオ付きテレビ、折り畳み式テーブルなどが雑然と並べられている。

その部屋の一番奥の、血の海の中に、木村が仰向《あおむ》けに倒れていた。心臓に深々と突き刺さっていたのは、玲が持っていた、独鈷杵《とっこしょ》というあの金属棒だった。入り口のほうで、どすっという音がしたが、誰も振り向かなかった。京輔は、ショックのあまり気を失いそうだったが、何とか自分をはげまして、木村を抱き起こし、耳元で必死に叫んだ。

「木村さん、ぼくです。京輔です。ぼくの顔がわかりますか！　誰が……誰がやったんです！　木村さん！」

木村は、右腕を伸ばして、指を突き出した。皆がその方向を見た。部屋の入り口付近に、顔に隈取《くまど》りをしたままの玲がいた。

「め……」

木村は微《かす》かに口を動かした。何かを言おうとしているのだ。

「——め……が……み……」

その場にいあわせた全員がはっきり聞きとれる声で、木村はそう言った。玲は、蒼白《そうはく》な表情でぶるぶる震えている。また道鰻に殴られたのか、その顔に真新しい紫色の痣があるのを京輔は痛々しく見てとった。

一瞬後、木村は腕を垂らし、京輔の腕の中で、息を引き取った。部屋の中を沈黙が満たした。道鰻すら、呆然《ぼうぜん》として木村の顔を見つめている。やがて、彼は吠《ほ》えるように言った。

「こいつは誰だ。どうしてここにいる！」

その声で京輔は自分を取り戻した。彼は、木村の死体を道鰻のほうに投げ出すようにして、彼が身体をそらせた隙に、玲の手を引いてドア目がけて突進し、そのまま廊下に飛び出そうとした。次の瞬間、京輔は何かにぶつかって転倒した。頭を激しく床に打ちつけ、遠ざかる意識の中で彼が見たものは、以前、忌戸部署に行ったときに話をした、坂口という巡査の姿だった。

「助かったんだ……」

京輔が呟《つぶや》くと、坂口は白い歯を見せつけるようににたりと笑い、

「そういうわけじゃない」

そこで、京輔の意識は途切れた。

不気味な隈取りをした玲が暗闇の中から現れた。彼女が呪文を唱えると、独鈷杵が生き物のように空中を飛び、木村の左胸に突き刺さった。血がシャワーのように噴き出し、木村はその場に倒れた。彼女は、玲を指さすと、言った。

「女神……女神が殺した！」

玲は、木村の胸から金属棒をぐいと引き抜き、京輔に近づいた。

「昔、あなたのことが好きだった」

笑いながらそう言うと、独鈷杵を振りかざした。京輔は玲の腕をつかみ、法具をもぎ取ろうともみ合ううちに、どうしたはずみか、金属棒は玲の胸に突き立った。おびただしい血液が噴きあがり、玲は床に崩れ落ちた。京輔は、呆然としてそれを見おろした。

「京輔が……玲……殺す……」

彼は、くり返しそう呟いた。

「京輔くん……京輔くん！」

どこかで玲の声がする。また、夢だろうか。

「京輔くんってば！　起きて！」

京輔は目をあけた。目の前、二十センチのところに玲の顔があった。化粧を施したままだが、それでもわかるほどの痣が数ヵ所にある。道鰻に殴られたのだろうか。

ここはさっきの部屋のようだ。片づけられてはいるが、入ってすぐのところにスクリーンが丸めて立て掛けてあるのに覚えがある。

「京輔くん、私、あの人を殺したのかしら。私がやったのかしら。最近……集会以外のときもずっとぼーっとしてて……何だか……魂が身体の中に……ないみたいな……知らず知らずのうちに……殺してしまったのかも……」

まくしたてている間に、次第に玲の声がひきつってきて、顔もこわばってきた。京輔は、玲をぎゅっと抱きしめた。

「そんなはずないよ。それより、ここから逃げよう」

「京輔くん、逃げて。一人が見張りを引きつければ、一人だけなら逃げられるかも」

「馬鹿言うなよ。君を置いて、そんなことできるわけないだろ！」

「お願い、私の言うこときいて。私、もう耐えられないの。奇跡だ予言だって人を欺いて、お金をもうけて……みんなを縛りつけて……そのあげくみんなを不幸にして……自分が許せない！　ここで終わりにしたいのよ。お義父《とう》さんや教団のみんながやってることを暴くには、誰かが警察に行かなきゃ……」

玲は涙をたたえた、訴えるような眼差《まなざ》しで京輔を見つめたが、京輔はうなずくことはできなかった。

「ぼくは……君を助けたいんだ。教団のやってることを暴きたいわけじゃない」

「お願い、京輔くん、そうしてくれることが私を救うことになるの」

そのとき、がちゃりとドアがあき、道饅を先頭に複数の男たちが入ってきた。

「二人ともご立派なことだが、ここからは逃げられん」

京輔は玲を後ろ手にかばった。

「自殺した女の死体もとうとう警察に持っていかれちまったし、そろそろ潮時だな。教団は一旦《いったん》畳んで、関西にでも行って、再出発だ。おい、ガキ。おまえはきのうのフリーライターの仲間だな。こそこそ嗅《か》ぎまわりよって、坂口がうまく捕まえてくれたからよかったが、もう許さん。——死んでもらう」

木村の素性がばれたらしい。京輔は、道饅に殴りかかったが、サングラスの男たちの手ではたかれ、足で蹴《け》り倒された。片手で高々と吊《つ》り上げられ、サンドバッグのように殴られた。何度も、何度も、何度も。

「やめて！　お願い！　京輔くんが死んじゃう！」

道饅は、冷ややかに玲を見下ろすと、

「玲、おまえもあまりに知りすぎた。このガキと一緒に死んでもらうしかない。女神役はまた新しく見つけて養子にすればいい。このマンダラゲさえあればどこでも同じことだ」

そう言って、道饅はポケットから草の束を取り出した。

「これはな、ナス科の植物でチョウセンアサガオ、一名をマンダラゲともいう。ヒヨスチアミン、スコポラミン、アトロピンといったアルカロイド成分を含んでいて、鎮痛薬や麻酔薬としても用いられるが、他にも用途がある。つまり、媚薬《びやく》だ」

道鰻は、下品に笑った。

「宗教は確かにもうかるが、俺はもっともうかる工夫を思いついた。この草を使ってな。信者の中から金持ちや美男美女を選抜し、薬だと称して集会の時にこの草の破片を飲ませる。マンダラゲだけではない。同じナス科の、ヒヨス、マンドラゴラ、ベラドンナ、ハシリドコロといった毒草をうまくブレンドするのが俺の役割だ。これを服用すれば、アルカロイドによる幻覚で、恥ずかしいということがなくなってしまう。媚薬の作用で、みんな頭がおかしくなったあとは俺たちが口火を切ればいい。あっというまに、大乱交パーティーだ。それが、〈お集まり〉だ」

「玲は……まさか玲も……」

「心配か。大丈夫。玲の役どころは、女神だ。集会の間中、ずっと神棚の前でトランス状態にしてある。何も覚えていないはずだが、指一本触れていない。この草は、要するに麻薬だ。また、これを用いての乱交の味を一度味わえば、二度と忘れられなくなる。つまりは、わが曼陀羅教から離れられなくなる、というわけだ。この草こそ、われらが神、つまり曼陀羅華命なのだ。彼らは、〈お集まり〉に参加するため、いつまでも巨額の寄付をしてくれるようになる」

「で、俺たちにも返済していただけるわけだ」

後ろに立っていた大男が言った。

「紹介が遅れたが、俺が金を借りている金融会社の従業員さんだ。きのうも、何人かご対面したはずだ。俺は、あちこちから借金しているからな。みんな、返済のために、教団運営を手伝ってくれているのだ」

道鰻は呵々《かか》と笑った。

「どうだ、すばらしいアイデアだろう？　俺がこれを思いついたのは、十年ほど前、漢方の薬剤師をしていた時だ。目論見《もくろみ》は大成功して、金は続々と入ってくる。女神の奇跡を信じて、ばかな信者は増える。俺は笑いが止まらないってわけだ」

「やっぱり空中浮遊はトリックなのか」

「あったりまえだろうが、馬鹿！　催眠状態になった女神は、金属棒を床に垂直に立て、それにつかまって自分の身体を浮かせとるんだ。棒や手は衣装で見えんからな。人間は、無意識の時、本当にとんでもない力が出るものなんだ。ただ、あまり、何度も同じ手を使っていると、疑いだすやつがでてくるから、たまに別の方法を使う。集会部屋には、ぐるりに柱が立ててあっただろう？」

たしか、直径四センチほどの竹製の柱が、天井から床までを貫き、十センチ間隔ぐらいに集会場を檻《おり》のように取り巻いていた。

「棒がない時、女神はこの柱に後ろ手でつかまり、正座したまま身体を支えているのだ。人間の力というのは、恐ろしいものなんだ。握力、腕力、腹筋力。これらを総合して、女神は自分の身体を自分で持ち上げているのだ。当然、足の下には何もないから、棒を通過させることができる。そうやって、疑い深いやつを納得させるのだ」

信じられない……京輔は、玲の細い腕を見つめた。

「我ながらよくしゃべった。もう、いいだろう、そろそろ貴様たちに引導を渡してやろう。――待てよ……」

道饅は何がおかしいのかしばらく一人で笑い続けたあと、

「あははは……面白いことを思いついた。京輔といったな。おまえに催眠術をかけてやる。おまえ自身の手で、好きな女をくびり殺す。どうだ、これなら『京輔が玲、殺す』という予言が当たったことになるじゃないか。あはははは……これは面白い。――おい、玲を押さえつけておけ」

男たちの一人が玲に摑《つか》みかかったが、玲は身をひるがえし、男の股間《こかん》を思い切り蹴り上げ、体当たりをくれた。男がひるんだ隙に、玲は廊下に向かって走り出したが、道饅はにやりと笑うと、

「真霊、ご降臨。おいやああああっ！」

そう叫ぶと、扇子で膝《ひざ》を叩《たた》いた。玲の身体はぐにゃりとなり、そのまま、糸の切れた操り人形のように、床に崩れ落ちた。

「玲よ、おまえは俺からは逃げられんのだ。京輔がおまえを殺すまで、しばらくそこで寝ておるがいい」

道鰻は気を失った玲を一瞥《いちべつ》してそう言うと、ゆっくり京輔に近づいた。京輔は、道鰻の顔に唾《つば》を吐きかけた。道鰻の顔が朱に染まった。彼は、京輔のこめかみを拳《こぶし》で何度も殴りつけた。たらたらと血が滴り、京輔は気が遠くなってきた。

「そのあたりでやめておけ」

ざらついた声がした。道鰻が振り向くと、あちこち染みのあるよれよれのコートを着た、風采《ふうさい》のあがらぬ男が立っていた。

「鬼丸刑事さん！」

京輔が声を振り絞った。

「刑事？　こいつがか」

道鰻はせせら笑い、

「一人で来るとはいい度胸だが、刑事だろうと誰だろうと生かしては帰さん。どうせ教団はもうすぐ閉鎖する。行きがけの駄賃だ」

「呆《あき》れた教主さまだな。マンダラゲの毒が頭に回ってるんじゃないのか」

「ふん、どこまで知っとるんだ」

「木村というフリーライターは自殺したということぐらいかな」

「自殺？　木村さんは自殺なの？」

京輔が叫んだ。

「部屋には鍵《かぎ》がかかっていた。それ以外考えられんだろう。あの女は、〈お集まり〉の場所でマンダラゲを手に入れて、経口摂取したのさ。ライターの血が騒いだんだろう。どういう作用を持つものなのか試してみようとして、誰もいない地下の部屋に入り、中から鍵をかけ、生のままで服用したんだと思う。マンダラゲをはじめとするナス科植物は、少しの量なら媚薬だが、大量に摂取すれば、毒、それも猛毒だ。幻覚、幻聴、譫妄《せんもう》が起き、精神錯乱状態になる。頭がおかしくなって、独鈷杵《とっこしょ》を自分で自分に突き立てたんだろう」

「それじゃ、木村さんが、めがみって言ってたのも、ただの幻覚なのか……」

　鬼丸は、にやりと笑い、

「マンダラゲの仲間のベラドンナは、西洋では目薬として使われた。この草の汁を目にさすと、瞳孔《どうこう》が開く。目がぱっちりするというので、貴婦人が用いたのだが、量を誤ると覿面《てきめん》に視覚異常が起き、失明することも多い」

　京輔は、理解した。あの時、木村が言おうとしていたのは、女神ではなく……。

「目が見えない、と言いたかったのか……」

　京輔は心底からほっとした。木村さんを殺したのは玲じゃなかった。彼女は無実なんだ……。

　道鰻が、拳銃《けんじゅう》を抜いて、京輔に突きつけた。

「いろいろ解説していただいたが、もうそのへんで結構だ。まず、京輔、刑事、そして、玲の順番にあの世に行ってもらう」

道鰻が引き金を引き絞ろうとした、その時。気を失っていたはずの玲が、むっくりと起き上がった。白目をむき、涎《よだれ》を垂らし、鼻孔を開き、男のような顔つきに変貌《へんぼう》している。

「江川……道鰻、もう……許せん」

　玲の声は、低く、太く、しゃがれており、完全に男性のものだった。

「穢《けが》れたる道鰻……天の罰を受けよ！」

　玲が、そう叫んだ瞬間、京輔ははっきりと見た。突然、玲の全身が白い燐光《りんこう》で包まれ、巨大な蛍のように輝いたかと思うと、その光が一つの大きな矢のかたちになり、道鰻に向かって飛んだ。まるで誰かが光の弓で矢を射たかのようだった。

　ぶしゅっ。そういう音が聞こえた直後、道鰻はひしゃげた声でうめき、左胸を押さえて倒れた。白い燐光は瞬間的に消え去り、道鰻の左胸には、この部屋にはなかったはずの独鈷杵が深々と突き刺さっていた。

「教主……穢れ……射殺すなり」

　玲はそう言ったかと思うと、再びぐったりとその場に倒れた。皆、何が起きたかわからず、しばらく呆然《ぼうぜん》と道鰻の死体を見つめていた。最初に我に返ったのは、サングラスの男の一人だった。

「魔法を使いやがる」

　男が、水を浴びた犬のようにぶるぶると頭を振って、京輔に両手を広げてつかみかかってきたのと、入り口の扉を蹴破《けやぶ》るようにして誰かが飛び込んできたのが、同時だった。

「動くな。殺人容疑で逮捕する」

男に拳銃を向けてそう言ったのは、モデルのようにすらりとした長身の男……ベニー芳垣警部だった。続いて複数の制服警官が押し入ってきた。

「俺じゃない。俺がやったんじゃない」

男は、警部にというより、道鰻の死体に向かって、そうくり返した。男たちは警官に次々と手錠をかけられていった。

「すまなかった。危ないところだったな」

ベニーは京輔に頭を下げた。

「内山刑事から君の手紙を受け取って、すぐに令状をとる手続きをしたんだが、頭の硬いやつがいてね、ちょっと遅くなったが……おい、怪我してるじゃないか！」

京輔は、鬼丸刑事を捜したが、彼の姿はどこにも見あたらなかった。

＊

救急車で病院に運ばれた玲は、手当てを受け、すぐに意識を取り戻した。曼陀羅教の本部は徹底的に捜索され、地下倉庫に隠されていた木村の死体も発見された。解剖の結果、直接の死因は心臓に金属棒を突き刺したことだが、アトロピンの大量服用による急性中毒の状態にあったこともわかった。死体は、それだけでなく複数あり、他にも中毒死した信者が多くいたことがわかった。マンダラゲ、ベラドンナ、ヒヨスなどの麻薬的植物の他、覚醒剤《かくせいざい》や改造拳銃も押収された。お身内のリストも見つかり、〈お集まり〉の実態に関する裏付け捜査が行われた。道鰻の死については、謎が残った。逮捕された男たちは、口々に、白い光の矢が彼を襲ったと申し立てたが、ベニー芳垣警部はその証言を一笑に付した。だが、実際に何があったのかはついにわからずじまいだった。

「マンダラゲ……チョウセンアサガオを服用すると、高所にのぼって、そこから飛び降りたいという衝動に駆られるそうです」

ベニーは、忌戸部署の廊下を署長の藤巻と並んで歩きながら、説明した。

「〈お集まり〉で、マンダラゲなどを飲んで乱交をするうちに、アルカロイドによる精神錯乱状態になって、部屋を飛び出してしまう者がでる。同じナス科のハシリドコロというのは、飲むと発狂して走りまわりたくなるというところから名前がついたそうですから、ちょっとやそっとのガードは振り切ってしまうんでしょう。教団の外に出て、ビルの屋上などから飛び降りたりした信者の遺体を警察に解剖されると、毒草の服用のことがばれてしまう。だから、やつらは、信者が〈お集まり〉の場から出ていったときは、近くにあるビルの周辺を見張って、いざ自殺者が出たらただちに死体を回収していたわけです。それが間に合わないときは、咄嗟《とっさ》に、マンダラゲなどの使用を隠そうと、内臓を摘出した……」

「無茶をやったもんだな」

「同じくナス科のヒヨスは、〈魔女の空飛ぶ薬〉としても知られています。中世の魔女たちは、サバトへ出向く前に、裸になって、軟膏《なんこう》状にしたヒヨスを身体に塗りたくった。すると、周囲が異常に明るく思えてきて、そのうちに、身体が浮かんでいるような気持ちになり、視野中が回転しているような幻覚が長く続くそうです。つまり……飛んでいるというわけですね」

「名推理だね、さすが芳垣君だ。私も鼻が高いよ。君を警視総監賞に推薦しておいたからな」

「私……をですか？」

「もちろんだよ。他に誰が功労に値するというのかね。はははは……」

「こちらの刑事課の鬼丸刑事です。彼がいなければこの事件は解決しませんでした」

「はっはっはっ、馬鹿も休み休み言いたまえ。あの……」

藤巻の目線の遥《はる》か先には、両手に荷物を持ち、缶コーヒーのプルトップ部分を口にくわえたまま階段を降りていく鬼丸の姿があった。

「あの男が警視総監賞なら、私はノーベル賞だ」

藤巻署長はそのたとえが気に入ったらしく、何度も繰り返した。

署長とわかれたあと、ベニーは鬼丸を署の出口の前でつかまえた。

「京輔くんからの手紙を見たあと、私が署長と掛け合っている間に、どこに行っていた」

「さあ……忘れました」

「今回の手柄の半分は君のものだ。藤巻署長は私を総監賞に推薦すると言っているが、この事件は我々ふたりで協力したから解決できたんだ。だから、君も総監賞に推薦するように私から……」

鬼丸はなにかを言いかけたようだが、その言葉は口から出ることはなかった。かわりに彼が言ったのは、

「協力？ そんな覚えはありません。それに、俺は賞に値するようなことはなにもしていない。勝手なことをしないでほしいですね」

鬼丸は吐き捨てるようにそう言うと、建物から出ていった。

*

教主の死亡と幹部たちの逮捕で教団は事実上解散し、事件は終わった。新聞各紙は「悪魔のフリーセックス教団」として、煽情的《せんじょうてき》な記事を掲載した。玲は、京輔の両親がわりになり、高校に復学することに決まった。京輔の姉の婚約者も憑《つ》きものが落ちたように冷静さを取り戻し、近々結婚することになった。玲はすっかり「ただの人」になった。少し前まで女神さまとして多くの信者に囲まれていたことなど、想像できない。スポーツをしても、怪物じみた力を発揮することもない。神秘性のかけらもなくなった

かわりに、性格が明るくなった。

　京輔には一つだけ気になることがあった。道鰻を殺した白い光の矢だ。彼はたしかに見たのだ。白い燐光が矢のかたちとなり、道鰻を襲ったのを。玲にたずねても、覚えていないと言うだけだが、京輔は、神の名を騙《かた》って、あまりに勝手にふるまう道鰻の穢れた所業に怒った神が、天誅《てんちゅう》をくだしたのではないか、神とか妖怪《ようかい》とか、どこかに人間の理解を超えた存在がいて、自分たちの生活を見つめているのではないか、と、ふと思うのだった。玲の笑顔を見ていると、そんなことはどうでもよくなってくるのだが……。

＊

「やっと解決したみたいですね。今回も、同族のしわざでなくて、よかったよかった」

　頰のこけたバーテンがシェイカーを振りながら言った。

「ほんとよねえ。人間のくせに、帰神法をもてあそんだ罰だわ」

　ママが、自家製のタンシチューを鬼丸のまえに置いて、

「でも、さすが鬼丸さん。木村っていうライターが自殺だったなんて、よく見抜いたわね」

　鬼丸はタンの巨大な塊を一飲みに嚥下《えんげ》し、グラスを空にしてから、ゆっくりと言った。

「あれは……自殺じゃない……」

「え？　でも……新聞にはマンダラゲの毒で錯乱したための自殺って……」

「俺が、そう主張したんだ。それが通った」

「じゃあ、ほんとは誰が殺したの？」

十秒ほど間をあけて、鬼丸は低い声で言った。

「玲だよ。女神が……殺したんだ」

「まさか」

「本当さ。あの子は、教団から脱走するつもりで、あの小部屋に隠れていたんだ。そこに、木村が入ってきて、ドアに内側から鍵《かぎ》を掛け、玲がいることに気づかないまま、マンダラゲを生のまま飲んだ。効能を自分で試そうとしたんだろう。木村は錯乱状態になり、『助けてえっ！　ここ殺されるうっ！　嫌ああああっ！』と叫んだ。玲は、道鰻に、『真霊、ご降臨。おいやあああっ！』という言葉をきっかけにトランス状態に入るように訓練されている。『嫌あああああっ！』という叫びが『おいやあああっ！』に聞こえたんだろうな」

「それじゃあ、そのまま後催眠の状態に……」

「想像だが、催眠状態に入ったあの子は、持っていた独鈷杵《とっこしょ》を床に立てて、腕の力だけでそれに摑《つか》まった。いつもの、空中浮遊をやろうとしたんだ。いつもとの違いは、ただ一つ。独鈷杵を立てた場所が床ではなく、床に横たわった木村の胸の上だったということだ。もちろん玲はそんなことは気づいていない。軽いとはいえ、全体重が集中した独鉗杵は、ずぶずぶと木村の心臓にめり込んでいった。返り血も、黒い服で包み込むようになったから、顔や手にかからず、気づかれなかったんだろう。俺は……わかったがね」

「じゃあ、みんなが部屋に入ってきたときに、女神はどこにいたんですか」

「独鈷杵に腕の力だけで摑まろうとした彼女は、棒がめり込んでしまったので、しかたなく無意識のうちに代わりのものを捜したんだな。入り口を入ったところに、映写機用のスクリーンが丸めて縦にしてあった。上端は、天井近くまで届いていた。たぶん、あれによじ登って、猿のようにそこにとまっていたんだろうが、京輔くんや道鰻たちが部屋に入ったあと、バランスを崩して転落した。そのときに、顔とかあちこちを打っただろうし、おそらくトランス状態から覚めたはずだ。でも、皆は木村の死体のほうに気をとられているから、誰も気づかなかった」

「どうしてそのことをあの陰陽師《おんみょうじ》や署長に言わなかったのよ。それに、独鈷杵の指紋はどうしたの？」

ママは質問したが、もちろん答は聞かなくてもわかっていた。

＊

古びたアパートの暗い、じめじめした一室。一人の男がデジタル無線機をいじっている。ヘッドホーンの片側を耳に押しつけ、どんな音も聞き逃すまいとしている。狭い部屋には、パソコン、オシロスコープなどが雑然と並んでいるほか、染みの浮き出た壁には、警察官の制服とおぼしきものが幾つも吊《つる》してある。制帽、階級章、手錠とそのケース、拳銃《けんじゅう》とそのケース、警棒、警笛なども、タンスの上や机の上などに散らばっている。

鼻の横に大きなほくろのあるその男は、にやりとして、ダイヤルを微調整する。ヘッドホーンから漏れ聞こえてくるのは警察無線だ。彼は、デジタル化されて傍受困難のはずの警察無線を盗聴しているのだ。

「坂口さんよ」

背後から声がかかったが、彼は傍受に夢中で気がつかない。

「坂口さん」

もう一度、今度は鋭い、脳に突き刺さるような声だった。男は怪訝《けげん》そうな表情でヘッドホーンを外し、振り返った。彼の顔が凍りついた。そこには男が一人立っていた。油染みたコートを羽織った、地味な風貌《ふうぼう》の男。だが、その全身からは凄《すさ》まじい威圧感が漂っていた。

「俺だよ、俺。鬼丸三郎太だ」

「鬼丸……？」

男はしばしその名前を舌の上で転がしていたが、何事かに気づき、真っ青になった。

「知らないはずはあるまい。忌戸部署刑事課の同僚だからな」

「ぼ、ぼくは……」

鬼丸はぐるっと部屋を見回した。

「たいしたマニアだな。制服、制帽、拳銃、手錠、警棒、警察手帳……どれも本物そっくりだ」

男は、一瞬、自慢した気な表情になり、あわててそれを押し隠した。

「だが、本物の警官は、警察手帳をメモ帳がわりに使ったりしない。うちの女性刑事がメモ用紙を出すのを見て、疑問に思った京輔くんが教えてくれたよ。ぬかったな、坂口……いや、内山忠道《うちやまただみち》」

男の身体が小刻みに震えだした。

「おまえは、曼陀羅教の幹部だ。警察無線を盗聴し、錯乱状態で〈お集まり〉から抜け出す者が自殺などのトラブルを起こしたら、警察より一歩早く現場に急行し、死体を運び去るのがおまえの役目だ」

「ぼ、ぼくを逮捕するのか。ぼくは何もしてない。死体をちょっと動かしただけだ」

「腹を裂いて、内臓を取り出しても、何もしていないことになるのか？　まあ、それはいい。だが、警官を偽称して、高校生を騙《だま》したのはやりすぎだったな」

「あ、あ、あの子は勝手に誤解したんだ。ぼくがコンビニから出ると、忌戸部署の人ですかって向こうから……。ぼくは、警官の格好をして、わざと警察署のあたりをうろつくのが好きなんだ。その署の警官の前を何喰《く》わぬ顔で通り過ぎるときの快感ったら……。署内に入ったこともあるよ。でも、誰も気がつかない。どきどきするんだ。仲間になれたような気がして……ぼく、警察大々好きなんですよ。うふ……うふふ……」

「おまえは、自分のしていることが大きな犯罪につながっていると認識していた」

「知らない。ぼくは曼陀羅教の幹部じゃない。ただの……ただの外部の人間だ。ただの警察マニアだ。それが悪いのか。みんなアニキャラのコスプレとかしてるじゃないか。警察が好き、警官の格好をするのが好き……それが悪いのか」

「曼陀羅教が所持していたニューナンブまがいの拳銃は全部モデルガンを改造したものだった」

男は、壁に掛かっていた拳銃ホルダーに飛びつくと、素早い動作で銃を抜き、鬼丸に向けて二発発射した。弾丸は、鬼丸の胸と腹に命中した。

「や、やった……やった……とうとう人を殺した。あははは……やった、これでぼくも本物の警察官になれた……あはははははははは……」

男は、狂った笑いとともに、鬼丸が倒れるのを待った。

だが。鬼丸は立ったままだった。

「ど、どうなってるんだ。どうして死なないんだ。たしかに当たったのに。もしかしたら、これって……パソコンゲームの中の世界なのか……？」

鬼丸はゆっくりと男に向かって進んだ。

「く、来るな！」

男はもう一発発射した。鬼丸は歩をゆるめない。彼は、男の拳銃をあっさりもぎとった。

「やめろ！　け、警察は市民の味方だろ！」

その時、全身の肌の毛穴が開くような不快感が男を襲った。鼻腔《びこう》を、硫黄の臭いがつんと刺激した。口の中から、いや、身体中から水分が蒸発していくような、言葉では言い表せないおぞましい気配……。

「たす……」

けてくれの語尾はついに口から発せられることはなかった。突然、部屋の中の明かりが全て消え、電気機器のランプすら消えてしまった。真の暗闇だ。男はパニックになり、扉があった方向にやみくもに走った。しかし、狭い部屋のはずなのに、どれだけ走っても扉にも壁にもぶつからなかった。

「ひいっ……ひいいい……」

男はうずくまった。足もとは、いつのまにか畳ではなく、砂利になっている。どこからか、河が流れるような音が聞こえてくる。

「……積んでは……父のため……二つ積んでは……」

複数の幼児のか細い声。炎が燃えるような、ごうっという音もする。

「わ……わあ……わあああああっ！」

男は絶叫した。闇の中からぼんやりと鬼丸の顔が浮かび上がったからだ。その顔は、さっきよりも倍ぐらいに大きく見えた。そして……頭頂の両側から……黒い二本の突起物が突き出ている……。

「おまえは今から裁きを受ける」

〈鬼〉はそう言った。

＊

「何だって？　警察を辞める？」

安西課長は大声で言った。

「ええ……兄がちょっと、その……具合が悪くなりまして……二人揃って田舎に帰ることに決めました」

「そうかあ……内山くんは優秀な刑事になると期待していたんだが、残念だよ。まあ、たまには手紙でも電話でもくれたまえ」

「ありがとうございます」

内山さくらは、鬼丸に向き直った。鬼丸は、机に片肘《かたひじ》をついて、おとがいを指先で掻《か》いている。

「鬼丸さん……」

さくらは涙ぐんでいた。

「いろいろ……教えてくださって……ありがとうございます！」

鬼丸はさくらに目を向けようとしない。

「それでは、失礼します」

敬礼してさくらが刑事部屋から走り去ったあと、安西課長が鬼丸を小突いた。

「君、後輩が辞めるというのに冷たすぎるじゃないか？　最後ぐらい、優しい言葉をかけてやったらどうなんだね」

鬼丸は、じろりと安西を見据えた。ぎくりとして一瞬たじろいだ安西から視線を外すと、鬼丸は誰にも聞こえないように呟《つぶや》いた。

（優しい言葉？　俺には……そんな資格はないよ）

犬の首

うだるような日中の暑さは夜になっても尾をひき、闇はどろどろと澱《よど》んだような熱気を孕《はら》んでいた。

露口靖子《つゆぐちやすこ》は、サウナの中にいるような思いで、疲弊しきった身体を前に運んでいた。腕の関節に汗が溜まり、乾いて塩になっている。空気は澄み通り、頭上には白く冴《さ》えた月が冷えびえとした光輝を投げているというのに、それは見かけだけのこと。真っ赤に焼けた灼熱《しゃくねつ》の塊が、夜の底のどこまでも深く沈殿している。もう午前二時。最近は毎晩遅くなる。ペットショップというのは、閉店してからも仕事がある。ケージの清掃、餌やり、夜の散歩……。靖子は、動物好きだというだけで安易に仕事を決めたことを後悔していた。

四丁目から向こうは古くからのお屋敷街だ。土塀に囲まれた大きな屋敷が並び、江戸時代に迷い込んだみたいな気になる。そんな中にひときわ目立つ赤い鳥居がある。白蔵《しろくら》稲荷《いなり》神社だ。鎌倉時代からの由緒があるらしく、敷地も広いが、ぐるりを高い板塀で囲まれ、鳥居のすぐ後ろの鉄の門も閉ざされて、鎖で施錠されている。神社は夜中でも門を開けていることが多いが、何でも丑《うし》の刻参りがあとをたたないので夜間は厳重に封鎖することにしたのだそうで、防犯装置を使用している旨のステッカーが門に貼られている。以前は、朝になると、鎮守の森の木々から五寸釘《ごすんくぎ》を打ち付けた藁人形《わらにんぎょう》を外して処分するのが禰宜《ねぎ》たちの日課だったとか。

暗い門を見ているうちに、ふと、神社の隣に横たわる空き地に目を向けた。何かが動いたような気がしたのだ。生暖かい夜露でじとりと湿った雑草が茂るその空き地の、神社の板塀から少し離れたあたりに、一人の男が片膝《かたひざ》をついてうずくまっている。その横顔に何となく見覚えがあった。どこかで会った顔だが……記憶を探ったが思い出せない。しかし、こんな時間にこんなところで何を……と目を凝らしたとき、彼女は信じがたいものを見た。見てしまった。

男のすぐ前の地面から、黒い犬の首が生えている。ダックスフントだ。最近流行《はや》っているミニチュアダックスというやつだ。靖子には、どういう状況なのか咄嗟《とっさ》には理解できなかったが、どうやら犬は首から下を地面に埋められているらしい。ダックスフントの頭部はびくっと動いた。この犬は生きたまま埋められているのだ。なんてひどいことを……。犬好きの靖子は怒りがこみ上げてきた。ダックスフントは舌を突き出し、男の手をなめようとしている。

午前二時。神社の隣にある空き地。地面から首だけを突き出した犬とその前にしゃがんだ男。この光景が異常であることはまちがいなかった。もっとよく見ようと靖子が身を乗り出したとき、男はちらと彼女のほうを見た。視線が合った。靖子の背筋を戦慄《せんりつ》が走った。男の目が、憑《つ》かれたような狂気を宿していたからだ。男は、ふところから何かを取り出すと、高く振り上げた。月光に映えて白く輝いたのは刃渡り二十センチほどのナイフだった。本当にしたのか、それとも幻聴かわからぬどぶっ、という鈍い音とともに、血流が高々と上がり、ダックスフントの首はごろんと前に落ちた。恐怖に身動きのできない靖子に背を向けると、男は血に濡《ぬ》れた犬の頭部を左手に摑《つか》み、水気をたっぷり含んだ闇の中に消えた。

凍《い》てついていた靖子の声帯が悲鳴をあげることができたのは、それから十分も後であった。

＊

太陽がまだその日の第一光を照射する直前、古くは彼誰刻《かわたれどき》といった夜でもなく朝でもない時刻。忌戸部署独身寮の一室の畳のうえで、鬼丸三郎太はあたり憚《はばか》らぬ鼾《いびき》をかいていた。かたわらに昨晩飲んだと思われるタンカレー・ジンの空瓶が二本転がっている。

「鬼丸さん……鬼丸さん……」

か細い声がした。声というより、すきま風が吹き抜けたとでもいうような微弱な音だ。

「鬼丸さんてば……ああ、もうじれったいねえ」

声は、天井と鬼丸の顔のちょうど間あたりの空間から発せられている。

「鬼童丸さんっ！」

苛立《いらだ》ちが限界にきたのか、小さな叫びとともに何かが鬼丸の顔のうえにぼとっと落ちた。黄色と黒の縞《しま》模様のそれは、つつ……と鬼丸の顔面を這《は》い、右の耳朶《みみたぶ》に至った。大きな蜘蛛《くも》だ。

「ああ……ママか。どうしたんだ、まだ夜中だろ」

やっと目覚めた鬼丸が寝ぼけた声を出すと、

「もう一番鶏が鳴きましたよ」

「うちの管内で、大きな屋敷ばかりを狙った盗難事件が相次いでて、ここんとこあまり寝てないんだ」

「泥棒なんかほっときなさいよ。たいへんなんです。コンコン大王さんが警察に捕まったんですよ」

「——何だと」

鬼丸は湿気のこもった煎餅《せんべい》布団のうえに起きあがった。

「コンコン大王って、あの……狐か」

コンコン大王は、半妖怪《ようかい》である。河童《かっぱ》や天狗《てんぐ》などとちがい、狐、狸、貉《むじな》、川獺《かわうそ》など、実在するにもかかわらず「人を化かす」といわれている類《たぐい》の動物は、たいていが半人半妖、つまり物《も》っ怪《け》と人間の中間に位置する。

コンコン大王は、皆に好かれていた。いつもはどこで何をしているのかしらないが、髪もひげも伸ばしっぱなしにした、薄汚れたホームレスのようなかっこうで、たまに〈スナック女郎蜘蛛〉に現れ、安いウイスキーをツケでちびりちびり飲む。居合わせた物っ怪仲間にねだって、ただ酒にありつくこともある。饐《す》えたような臭いを放つ、垢《あか》にまみれたぼろぼろの衣服を着た彼が、客から嫌がられたり、店から追い出されたりしないのは、ひとえにその性格のゆえだった。いつも呑気《のんき》で朗らかで実に美味《うま》そうに酒を飲み、話題はどこそこの公園でツツジが咲いた、とか、どこそこの庭にびわがなった、とか、どこそこの池にはテナガエビがいっぱいいる、とか、そういった花鳥風月のことばかり。目を細めて「〇〇公園の砂を掘ってましたら、貝殻が出てきましてん。それがごっつうきれいな桃色の桜貝ですねんわ」などと言うのを聞いていると、人間界で人に混じってあくせく暮らしているストレスがすうっと解消するのだ。時間やお金や家族や仕事に縛られない、のんびりした暮らし。鬼丸も、昔の物っ怪はみんなこうだったんだろうと思わずにはおれない。人のふりをして、朝から晩まで寝る間も惜しんで犯罪者を追いかけているのが、何ともくだらぬことのように思えてくる。コンコン大王というのは、おおらかで、小さなことにこだわらず、怠けもので、大人然とした彼が、まるで王さまのようだ、というので常連のぬらりの旦那《だんな》がつけた名前だった。最近はめったに〈女郎蜘蛛〉にも現れなかったが、本名は誰も知らなかったし、どこに棲《す》んでいるのかもわからなかった。


「そういや、長いこと見かけなかったが……あいつ、何をやらかしたんだ」

「茅池町《かやいけちょう》に白蔵稲荷ってあるでしょ。あそこの宮司を殺したって」

「馬鹿な。あいつが人殺しなんか……」

「私もそう思うの。きっと濡れ衣《ぎぬ》よ。警察ってほんとに馬鹿なんだから」

「俺も警察だぜ」

その言葉も耳に入っていない様子で、蜘蛛は畳の上をいらいらと這い回りながら、詳しい話をしはじめた。

「それが、おかしいのよ。大王さんは長い間白蔵稲荷の境内に棲んでたんだけど、ここ何ヵ月かねぐらを変えてたらしいの。久しぶりに戻ってみたら、宮司は死んでるし、警察は来るし、言い訳する間もなく逮捕されちゃったんだって。わては何もしてへんって叫びながらね」

「現行犯でないかぎり、逮捕は令状がないとできない。参考人として事情聴取する程度の段階じゃないかな」

「そんな細かいことどうでもいいのよ。それより、死体がさ、すごく変なんだって。あのね……」

蜘蛛の言葉を遮るように鬼丸が、

「変だな……。白蔵稲荷なら忌戸部署の管轄だ。俺は何も聞いてない」

「ほやほやのホットニュースだもの。きっと、もうじき……」

ドアを激しく叩《たた》く音がした。

「鬼丸！　殺しだ。すぐ出てこい」

鬼丸は肩をすくめ、

「ほんとだ」

「人殺しができるような人……狐じゃないのよ。いい、鬼丸さん？　絶対に濡れ衣をはらしてあげてね。よろしくね。お願いね。頼むわね」

しつこく念を押したあと、蜘蛛はすすすっと天井に向かって上がっていった。

*

奇妙な事件だった。朝五時の刑事部屋は軽い興奮状態にあった。

宮司の死体が発見され、すでに被疑者は拘束されている。にもかかわらず、奇妙さは依然として残っている。簡単な説明を安西六郎刑事課長から受けたあと、鬼丸は現場に向かうパトカーの中で、後輩の小麦早希刑事とともに、篠原康文係長から詳しく事情を聞いた。

白蔵稲荷の六十五歳になる宮司佐渡《さど》吉武《よしたけ》は神職ではあるが利殖の才能があり、相場に手を出して大成功をおさめ、かなりの金をため込んでいるという噂だった。白蔵稲荷はお屋敷街の一角にあり、ぐるりを分厚い板を縦に密に並べた瑞垣《みずがき》という板塀で囲まれているが、その塀の上部には外国製の防犯装置が設置され、侵入者がいたら警報ベルが鳴り響く仕掛けになっていることも、噂を裏付けていた。

夜になると、禰宜《ねぎ》や巫女《みこ》たちも帰宅し、神社の門は全て閉ざされ、中にいるのは宮司と住み込みで神社の下働きをつとめる猿山欽二《さるやまきんじ》の二人だけになる。妻と死に別れて現在は独り身の宮司の身の回りのことは、七十歳をこえた猿山が一人で受け持っていた。

事件が起きたのはほんの数時間前のことである。

宮司は朝早い職業だが、佐渡はかなり宵っ張りだった。深夜のテレビ番組を自室で猿山とともに見たあと、午前一時頃、猿山が、就寝の挨拶《あいさつ》をして自室に引き取ろうとしたとき、

「じゃあ、わしもそろそろ寝るか」

と大きく伸びをしながら立ち上がりざま窓の外に目をやり、顔をしかめて何事か呟《つぶや》いた。猿山には、

いぬがみつき

というように聞こえたという。「へ?」とききかえしたが、佐渡は返事をしなかったので、猿山はそのまま部屋を出た。

「いぬがみつき?」

鬼丸は口中で繰り返すと、顎《あご》をぞろりと撫《な》でた。

一度、自分の部屋に入った猿山は、十分ほどのちに尿意を覚え、トイレに行った。用をたしたあと、宮司の部屋の前まで来ると、ドアがあいていた。隙間から覗《のぞ》き込むと中には誰もいない。トイレは今、自分が行ってきたのだからいないに決まっている。こん

な夜更けにどこへ……。急に、高齢である宮司の身が心配になった猿山は、あちこちを捜したが、どこにも見あたらない。仕方なく再び佐渡の部屋に戻って宮司の帰りを待ったが、三十分しても佐渡は戻らなかった。まさか、外に出たのでは……。神社の敷地内には、彼らが寝起きしている平屋建ての家屋のほかに、当然のことながら本殿や拝殿、幣殿、社務所などがある。通常では考えられないが、突然何かの用事を思い出して、そのどれかへ行った可能性もある。不安がこみ上げてきた猿山は、懐中電灯を手に、暗い敷地内を歩きまわってみたが、いずれにも宮司の姿はなかった。

境内は、一面に砂が敷き詰められており、踏みしめるたびにざくざくと音をたてる。宝物殿の前まで来たとき、何かが低く呻《うめ》くような声が聞こえた……ような気がして、猿山は暗闇の中に立ちすくんだ。恐る恐る懐中電灯の光を建物に向ける。何もない。裏手へ回ってみる。まばらな草の上をライトの丸い光が進む。何かがその円の中に見えた。砂が小さな山状に積み上げられている。どうやら地面が掘り返されているようだ。数歩進んだところで猿山の足がとまった。砂中から突き出されていたのは、人間の手だった。

「死体が地中に埋まっていたというわけだ。猿山が一一〇番してすぐ近くにある派出所の巡査が三人駆けつけた。掘り返してみると、死体はやはり宮司のものだったんだな」

篠原係長は言った。

「猿山が最後に宮司を目撃してからそれほど時間がたっていないのに、殺したあと地面の下に埋めるというのはかなりたいへんだと思いますが」

「猿山の証言を信用するならばそのとおりだ。犯人は複数かもしれない」

「コンコ……ホームレスが被疑者だそうですが」

「ほぼまちがいない……とは思うんだがな……」

係長は奥歯に物の挟まったような言い方をした。

広大な境内の一角にある森の中に、いつの頃からかホームレスの男が一人住み着くようになっていた。宮司の佐渡は、猿山に、何度も追い払うよう命じたが、一旦《いったん》出ていってもすぐにまた何食わぬ顔で戻ってきてしまうので、ある時期以降は佐渡もその男のことを半ばあきらめ、無視することが暗黙の了解のようになっていたらしい。そのホームレスが、四ヵ月ほど前からぷいと姿を見せなくなった。これまでも時々、長ければ数週間ぐらいいなくなることもあったので気にもとめずにいたが、二ヵ月たち三ヵ月たつと、猿山も、これは本当に出ていったらしい、別のねぐらを見つけたか、それともどこぞでのたれ死にしたか、いずれにしてもめでたいことだと思っていた。

午前三時頃、一人の警官が宝物殿の裏口の階段と壁の間に隠れている男を発見した。男は逃げようとしたので拘束し、パトカーに押し込めた。猿山の証言から、彼がしばらく姿を消していたホームレスであることがわかった。彼は、宮司が着ていたはずの寝間着を所持しており、それには血痕《けっこん》が付着していた。

「そんなわけで、こいつが犯人の一人であることは確実だ、とは思うんだが……」

「何か問題でも」

「死体だ。これが……どう考えてもわからんのだ」

篠原係長は頭を抱えた。そのとき、パトカーは白蔵神社の鳥居前に到着した。車から降りながら彼は言った。

「宮司の死体はな、——ミイラ化しとったんだよ」

＊

宮司の死骸《しがい》は、宝物殿の門の前に防水布を敷き、そのうえに安置されていた。一目見ただけで、その異常さがわかった。鬼丸は以前、「日本のミイラ」という展覧会で生きながら即身成仏した高僧の遺骸《いがい》を見たことがある。眼球を失った眼窩《がんか》が昆虫の複眼じみた巨大な目に思え、かさかさに乾いた身体は小さく縮み、虚空を摑《つか》まんとする五指は断末魔のもがきを伝え、金襴《きんらん》の袈裟《けさ》を着ていても、「即身仏」といった崇高さからはほど遠い、ただのいびつな死骸にしか見えなかった。宮司の死体は、あのときの即身仏と比べてももっと悲惨だった。

「ひっ……」

小麦早希が、悲鳴をかろうじて押し殺した。顔色は真っ青で、吐きそうな顔つきだ。

「だいじょうぶか」

「は、はい……すいません」

そう言いながらも、小麦刑事は口もとをハンカチで押さえて数歩後ずさりした。逆に鬼丸は死骸に近づいた。手脚を蜘蛛《くも》のように折り曲げた図は縄文の屈葬を連想させ、ハネカクシやアリ、エンマムシといった食骸昆虫の類《たぐい》が無数にたかって、内部を食い荒らしていた。

（これが……数時間前まで生きていた人間か……）

さすがの鬼丸もこれが常識では考えられぬ状態であることは認めざるを得なかった。

（物《も》っ怪《け》のしわざ、か……）

人間を瞬時にしてミイラ化してしまう……そんな物っ怪に心当たりはなかったが、〈スナック女郎蜘蛛〉の常連たちにきいてみるまではうかつな結論は出せない。

夜が明けると蒸し暑さはいっそう増してきた。鬼丸は何度もタオルで顔と首筋を拭《ぬぐ》いながら草いきれの中で現場検証を続けた。十分もしないうちに、本庁の刑事たちも到着したので彼は少し驚いた。いくら何でも早すぎるのではないか。先頭のパトカーの中から颯爽《さっそう》と降りてきたのは、総髪に碧《みどり》の瞳《ひとみ》の、長身の男だった。

（また、あいつか……）

ベニー芳垣。ロサンゼルス警察ハリウッド署に七年間勤務し、現在は警視庁捜査一課芳垣班の班長であるが、陰陽師《おんみょうじ》としての顔も持っていた。

（腕も、上がってきたようだな）

会うたびに自信が揺るぎないものになっていくようにみえる。とくに最近のベニーの検挙率はたいへんなもので、警視庁捜査一課の中でも群を抜いていた。鬼丸は顔をしかめたが、心のどこかに再会を喜んでいる気持ちがあった。なぜか、ベニーと「組む」と、仕事に張り合いが出るのだ。

（いかん、いかん。あいつは敵なんだ）

気持ちを引き締めた鬼丸はそっと顔をそむけ、立ち去ろうとしたが、

「鬼刑事くん！」

鬼丸は首をすくめた。

「久しぶりだな。曼陀羅教の事件以来じゃないか。Nice to meet you！」

「ご機嫌ですね」

「まあな」

ベニーは、どうしても笑みを隠せないようだった。

「いろいろお手柄をたてられたそうで」

「全て六壬式占のおかげだ。六壬式占、知っているだろう」

「いえ……」

「嘘をつけ。前に言ったはずだ」

「そうでしたっけ」

「近頃、私は朝起きると、塩と火でまず身を清めてから六壬式占を行う。すると、その日にどこでどんな事件が起きるのかがわかるんだ。もちろんおぼろげにだがね」

「まさか……」

「おいおい、君の口からそういうことを聞くとはな」

「おかしいですか」

「今朝も、私は、占いによって、忌戸部署管内で何か事件が起きるだろうということを知った。だから、いつでも出かけられるよう、部下に命じて準備をさせておいたのだ」

早い現場到着の理由はそれでわかった。

「それだけではない。私は、この事件に、何やら人外のものが関わっているという確信を得ている」

「人外……何ですかそれは」

「妖怪《ようかい》、物《もの》の怪《け》、この世ならざるもの……何と呼んでもいいが、とにかくそういった何かだ」

「馬鹿馬鹿しい。まじめに聞いてりゃ……」

「これがまじめな話であることは、君が一番よく知っているはずだが」

そう言って、ベニーはにやりと笑った。

「はあ？　何のことだか……」

「私は、人外のものの存在を信じている。彼らが皆、危険であり、そして、犯罪の多くは彼らのしわざであることも」

ヤバい。

「あははははは。いや、失礼。あまりにくだらない冗談をおっしゃるものですから。そういうこと、あまりよそでは口にしないほうがいいですよ」

「ごまかすのもいいかげんにしたまえ」

「どうして自分が警部殿の前でごまかしを言わなければならんのですか」

「それは、君が人外のものの存在を知っているはずだからだ。最初、会ったときから私はそう思っていたよ」

「あのですねえ、警部殿……」

「じゃあ、死骸が一瞬でミイラ化していたことを君はどう説明するんだ？」

「…………」

「今回の事件を解決する過程で、私は人外のものの存在を証明しようと試みるつもりでいる。もちろん、警視庁のお偉方がすぐに信じるとは思わないが、うちの班の人間だけでもそういう認識を持ち、犯罪の多くが彼らに起因することがわかれば、この国の凶悪事件は少しは減るというものだ」

鬼丸には返す言葉がなかった。状況は最悪のほうに転がりつつあるようだ。ベニーが帰国してからというもの、残り少ない自然に潜んで細々と暮らしている物っ怪や、鬼丸たちのように人間に混じって息を潜めるようにして暮らしている物っ怪の立場はどんどん危うくなっていく。

「警部殿、猿山欽二の事情聴取の準備ができました」

本庁の刑事が報告に来た。

「鬼丸くん、君も立ち会うだろう？」

「自分は現場検証作業がありますから」

そう言って立ち去ろうとした鬼丸の右手首をベニーは不意に摑んだ。鬼丸の身体にびくっと電気に撃たれたような不快な衝撃が走った。

「立ち会いたまえ」

陰陽師は、何もかも見通しているような目で鬼丸の顔をのぞきこんだ。鬼丸は視線をそらせ、

「わかりました」

何とかそれだけ言った。ベニーが先に立って歩いていったあと、鬼丸のそばに小麦早希がそっと近づき、

「芳垣警部と親しいんですね」

「馬鹿言うな！　だれがあんなやつと……」

怒鳴りつけられて小麦刑事は泣きそうな顔になり、

「ご、ごめんなさい。仲良さそうに見えたので……」

鬼丸は内心舌打ちし、無言でその場を離れた。

＊

事情聴取は、社務所の一室で行われた。ベニーと鬼丸の他、本庁の刑事一人が立ち会った。

猿山は、七十二歳。短く刈り込んだ頭髪は真っ白で、おどおどした態度の中に目だけぎょろぎょろ油断なく周囲を見回している。分厚い唇を引き結び、口が堅そうな印象だった。

「いつからこの神社に雇われているんです？」

「身寄りがなくて、行き場がないわしを先代の宮司が拾ってくれたんだ。それ以来だから五十年以上になるな」

「最後に宮司の生きている姿を見たのが、午前一時というのは確かですか」

「一分、二分の差はあるかもしれねえが、だいたいそんなもんだ」

「彼は窓際で『いぬがみつき』と言ったそうですが」

「う……まあ、そんなようなことを言ったというだけだ。ただの独り言だと思ってたから、気にもとめてなかったし……」

「大事なことなので、きちんと思い出してもらいたいんです」

「無理言うな。あんたも、きのうの晩に見たテレビのセリフをまちがいなく思い出せって言われてできるかね」

「宮司はどんな人間だったか、あなたの印象を聞かせてほしいんですが」

「ケチの国からケチを広めに来たようなやつだったよ。先代はそりゃあいいお人だったが、あの男はケチで怒りっぽくてわがままで……死人の悪口は言いたかないが、ろくでもない野郎だった」

猿山は、長年雇われた恩義を毛ほども感じていないようだった。

「だが、まあ最近は歳のせいか少し人間が丸くなったちゅうか、わしや禰宜《ねぎ》たちにも柔らかく接するようになってきたが……」

「宮司を恨んでいる者を知りませんか」

「叱られたり嫌みを言われたりしたことを根に持っているやつはおるかもしらんが、殺したいほど恨んどるやつとなるとなあ」

「戸締まりは厳重でしたか」

「あの宮司は、金を持ってたからな、戸締まりやら防犯にはそりゃあうるさかった。神社を囲む塀の上やら門の扉やらには、センサーちゅうのか、防犯装置が仕掛けてあってな、泥棒が塀を乗り越えようとでもしたら、すぐにベルが鳴り響くはずだ」

よくきいてみると、企業や大きな住宅などによくある、電話回線を介して警備会社とつながっているものではなく、フランスの防犯機器専門の会社が開発した、古いが安価で即効性のあるシステムだった。ヤママル商事という小さな貿易会社が輸入代理店になっている。異常が警備会社に伝わっても、神社に来るまでには時間がかかる。その間に泥棒に逃げられてしまう。大きな音でベルが鳴れば、自分がすぐに駆けつけることができる。宮司の考えは、いかにも守銭奴的な現実味のあるものだった。

「きのう、防犯装置をセットし忘れたようなことはないでしょうね」

「冗談じゃねえ。わしが戸締まりをしたあと、わしがこの手でスイッチを入れましたわい。派出所の巡査が来たときに解除したから、間違いはない」

「そのスイッチはどこにあるんです？」

「正門の扉のすぐ横の塀の裏側だ。扉を閉めたあとにすぐにセットできるようにな」

「なるほど。ところで……」

ベニーが次の質問をしかけたとき、目を閉じて腕組みをしたまま、身じろぎもせずに壁にもたれていた鬼丸が口を挟んだ。

「そのスイッチは地面からどのぐらいの高さにありますか」

「あまり上のほうだと不細工だからな、地面から三十センチぐらいのところにボックスがある」

「じゃあ、子供でも手が届きますね」

「もちろん届く」

それを聞いて、鬼丸は再び目を閉じてしまった。ベニーは鬼丸の質問意図がわからず、苦々しげに彼を見つめていたが、

「あのホームレスのことをききたいんですが」

「あいつは何年も前からうちの境内にある鎮守の森の中に住み着いとってな。わしは宮司に言われて、幾度となくバットを振りかざして追い出したが、いつのまにかまた戻ってきとるんだ。別に悪さをするわけでもなし、氏子の前には出ていかないし、宮司もわしもいいかげんあきらめてはいたんだが、四ヵ月ほど前からいなくなっちまって、こりゃあやっかい払いができたかと喜んどったんだ」

「彼が犯人だと思いますか」

「さあね。宮司が殺された日に戻ってきたというのも偶然にしちゃできすぎだし、見つかったとき宮司の寝間着を摑《つか》んでいたというのもおかしな話だ。でも、どうしてあいつが宮司を殺さなきゃならんのか……それがわからん」

「では最後の質問です。あなたもご覧になったと思いますが、佐渡さんは、あなたと別れてからたった一時間たらずでミイラのような姿になっていました。そのことについては」

「わからん……」

猿山はため息をついた。

「なんもかんもわからんことだらけだ。もしかしたら……呪いかもしんねえな」

「え？」

「呪い、と言ったんだ。この神社は昔から、貴船《きふね》神社と並ぶ丑《うし》の刻参りやら忌み事やらの中心地でな、朝になってから見回ると、神木の何本かには必ず藁人形《わらにんぎょう》が五寸釘《ごすんくぎ》で打ちつけてあったもんだ。うちの神社は、宮司が儲《もう》けた金を守るという理由だけで夜の客を閉め出しちまった。まっとうな方法で他人に報復できない弱いやつらにとって、呪いは最後の唯一の手段だったわけだが、宮司はそれを奪っちまった。その罰が当たったのかもしれねえ……」

「おもしろい考え方ですね」

ベニーは目を細めた。

＊

捜査本部が忌戸部署に設置され、鬼丸と小麦早希は、連続窃盗事件の捜査から外されて、こちらに配属されることになった。翌朝、第一回の捜査会議が開かれた。

捜査員たちの関心は宮司の異常な死にかたに集中した。すでに前代未聞の猟奇事件としてマスコミが騒いでおり、彼らは何としても謎を解明しなくてはならないのだ。捜査本部副本部長となった忌戸部署署長の藤巻哲夫警視正は露骨な焦りを隠すことはなかった。彼は聞こえよがしに隣席の安西六郎刑事課長に言った。

「あのハーフ男がロスから帰ってきてからろくなことがない。それまでうちの管内は平穏なものだった。あいつが疫病神なんじゃないのか」

「まあまあ、そうおっしゃらずに。なにしろ芳垣さんは今や本庁捜査一課一の逮捕率を誇る時の人ですからね。この事件もうまく解決するに決まってます。そうなれば署長の株も上がるというもんで……」

度の強い眼鏡をかけたネズミ顔の小男は、揉《も》み手《で》をして、チチチチッと笑った。

「私は、そんなことよりも、定年まで何ごとも起こらぬほうがうれしいんだ。最近うちの管内で起こる事件といえば、眼球入れ替えとか空中浮遊する女神とか瞬時にミイラになった死体とか……まともなもんは一つもない」

そのとき、ぐぐう……という蛙の鳴き声のような奇妙な音が聞こえ、そちらを向いた安西課長は赤面した。机に右頰をべったりつけて鬼丸が居眠りをしていたのだ。

「あいつこそ、ほんとの疫病神ですよ」

彼は吐き捨てるように言った。小麦早希は、そんなやりとりを不愉快そうに聞いていたが、

「鬼丸さん……鬼丸さん！」

意を決して、鬼丸の脇腹をつついてみた。

「ん……なんだ？」

「起きてください」

「どうして」

「会議中です。それに、課長に嫌味を言われてますよ、疫病神だって」

「はははは、うまいこと言うな」

　そう言うと、鬼丸はふたたび目を閉じた。早希は肩をすくめると、今度はボールペンで鬼丸の左頬を刺した。

「痛《い》てっ！」

鬼丸が立ち上がると、安西課長が言った。

「うるさいなあ、きみは。まだ、寝ていたほうがましだ」

「あ……そうですか」

鬼丸は、早希にウインクして、もう一度机に顔を埋めた。

司法解剖の結果が報告され、皆の間から吐息が漏れた。死骸《しがい》は、白蔵稲荷神社宮司佐渡吉武にまちがいなかった。それは、歯の治療跡によって確認された。内臓の一部を除いて完全にミイラ化しており、死亡推定時間などを割り出すのは困難とのことであった。逆に、胃腸は腐敗によって消滅しており、内容物を確認する手だてもなかった。ただ、一般的に、死体がミイラ化するのに要する日数はおよそ三ヵ月だが、状況によっては大人が十七日間でミイラ化することもあるという報告がなされた。

「死体が宮司本人に違いないとすると、ほとんど一瞬でミイラ化したことになる。そんなことが実際にありうるのでしょうか」

本庁の刑事の一人が会議の進行役のベニーに質問した。

「ミイラは、死体が自家融解や腐敗によって崩壊する前に、急速な乾燥が起きたため、細菌の増殖が阻害されて生じる死体現象です。つまり、激しい吐瀉《としゃ》のすえの死亡や、餓死者、野外での縊死《いし》者などは身体の水分が流出しているためにミイラ化しやすく、また、温度が高く乾いた場所、通気性のいい場所に置かれた死体もミイラ化しやすいといえますが、いずれの場合も、これほど急激に死体変化が起きることは考えられません。残る可能性は、何らかの方法で死体の水分を人為的に奪った可能性ですが、具体的には何もわかっていない状態です」

「大きな電子レンジに入れたんじゃないかな。ほら、外国で濡《ぬ》れた猫を乾かそうとして電子レンジに入れたらミイラになったっていう話が……」

藤巻署長が口を挟んだ。

「それは単なる都市伝説です。そもそも、死体を丸ごと入れられるような大きな電子レンジは存在しません。もし、あったとしても、あの死体のような状態になるとは考えにくい。それに、犯人はいったい何のためにそんなことをしたのですか」

ベニーの矢継ぎ早のつっこみに藤巻は顔を染めて、

「可能性の一つとして言ったまでだ。それを潰《つぶ》していくのが我々の仕事だろう」

「なるほど。では、可能性の一つとして後で検討することにしましょう。報告を続けます。――以上のような理由により死因は特定できていませんが、死骸の喉《のど》に、犬に噛《か》みつかれたような深い傷が確認されています。これが直接の死亡原因かどうかはわかっていません」

一同の間に失望の声が広がった。

「ということは、単に野犬に襲われての死亡ということでしょうか」

一人が皆の声を代表し、ベニーはうなずいた。

「それも可能性の一つです。ただし、死体には食い荒らされた跡はありませんし、野犬は死体を丸のまま砂に埋めたりはしないでしょう。それに、当時、境内には野犬も飼い犬もいなかったことは、最初に現場に到着した巡査三名が確認しています。死体の異常乾燥のこともありますし、それらの疑念が解明されるまではあくまで殺人事件として扱うのが妥当ではないでしょうか」

「死骸が埋められていた場所の周辺の足跡は？」

「砂が乾いてさらさらなうえに、下働きの猿山が興奮して踏み荒らしているので、ほとんど残っていませんでした。それともう一点。――毒物が発見されています」

捜査員の間から、おお、という声が沸き上がった。

「人間をミイラ化するような毒ではないだろうな」

また藤巻が間抜けな発言をする。

「ただの農薬入りのパンです。板塀の内側に落ちていました。理由はわかりません」

「ホームレスの男の取り調べのほうはどうなっていますか」

「あまり芳しくありませんな。黙して語らずというやつで、自分の名前さえ名乗らない。何ヵ月間もどこで何をしていたのか、それすらわからない状態です」

明快な結論も方針も出ぬまま、会議は終了した。

ばたばたと会議室から出ていく捜査官たちの足音。

「おい、終わったぞ」

鬼丸は資料の束で頭をはたかれて目を覚ました。

「例によって私と組んでもらうよ、鬼刑事くん」

「はいはい」

彼は、ベニーとともに神社の禰宜《ねぎ》や巫女《みこ》たちの聴取を担当することになった。しかし、たいした収穫もなくその一日は暮れた。禰宜たちは給料をもらって雇われているだけのサラリーマン神官だし、巫女たちにいたっては皆アルバイト学生なのだ。宮司や神社のことについて深い事情を知っているものは皆無であった。

「そろそろ引き上げましょうか」

「そうだな……。私はもう一度、死体が埋まっていた宝物殿の裏手を見てみることにするよ」

「自分は塀を外側から調べてきます」

神社の周囲を囲む塀は、高さ二メートル三十センチほど。分厚い板を並べた一種の垣で、玉垣とか瑞垣《みずがき》とか呼ばれるものだ。鬼丸は、一旦《いったん》、神社の外に出て、板塀の下端を注視しながら、塀にそってゆっくり歩いていった。しばらくすると、広い空き地に出た。

彼は、雑草を踏みしめながら、なおも歩いたが、塀にはどこにも壊れた箇所はなかった。

つまり、神社への侵入者がいたとして、彼（もしくは彼女）は塀を乗り越えるか、正門を開けるかする以外にはルートはなかったはずなのである。もちろん、その場合は警報装置が鳴り響いたはずだ。

（何かを見落としている……）

鬼丸が考え込んだとき。

「しつこいな、この鳥めっ！」

ベニーの声だ。鬼丸は地面を蹴《け》り、豹《ひょう》のような俊敏さで境内に駆け戻った。ベニーが数羽の黒い鳥に襲われている。鴉《からす》にしては変だ。ベニーは追い払おうとして必死に上着を振り回しているが、入れ替わり立ち替わり攻撃をしかけてくる相手には通用しない。

鬼丸は黒い鳥のあまりの執拗《しつよう》さに異常を感じたが、手出しをしたら正体を見破られてしまう可能性がある……。逡巡《しゅんじゅん》しているうちに、ベニーの顔面は鋭い嘴《くちばし》と爪によって血だらけになっていく。ついにベニーは片膝《かたひざ》をついてうずくまってしまった。

（やむをえん……）

鬼丸が本性を露《あら》わにしようと決意したとき。しゃがみ込んでいたベニーが急に立ち上がった。右手には何やら護符のようなものを左手には数枚の紙切れを持っている。

「我、鵼梟大菩薩の名において汝《なんじ》らに一時の命吹き込み、邪気・陰気・悪気・毒気・災気・禍気……荒々の三代雑厄祓《はら》いて、我が身の鎮めをはからん。呪禁安堵鬼神偃武《じゅごんあんどきじんえんぶ》……」

紙切れは手からはなれて宙に舞い、胡蝶《こちょう》のように旋回しながらいきなりぶくぶくぶく膨れあがり、目鼻のない白いマネキンのようになった。手に手に長剣を持った人形は黒い鳥に飛びかかり、数合の衝突のすえ、彼らを追い払った。鳥たちは、ぎゃあぎゃあと派手な叫び声をあげつつ、四方へ去った。

（式神……）

鬼丸は心中で呟《つぶや》いた。ベニーの陰陽師《おんみようじ》としての腕前は、ただの切り紙に命を宿らせるまでに上がっているのだ。帰国間もない頃に比べて段違いの進歩ではないか。

（ヤバい……マジでヤバいな、これは……）

鬼丸は、何事もなかったかのようにハンカチで頬の血を拭《ぬぐ》っているベニーの横顔に魅せられたように見入っていたが、彼が立ち去ったあと、地面に目をやった。式神の剣によって切断された、鳥の断片が落ちている。鬼丸はそっとそれをあらため、顔をしかめた。血管の浮き出た蝙蝠《こうもり》のような羽根。小翼竜《しようよくりゆう》の翼の一部はしばらくぴくぴく蠢《うごめ》いていたが、やがて土に吸い込まれるように消滅してしまった。

＊

その日の深夜、〈スナック女郎蜘蛛〉のカウンターでは、スズメ蛾の模様を散らした柄の着物を着たママと頬のこけたバーテン、それに頭がいびつに大きい老齢の客の三人が、顔を近づけて何やらひそひそ話し合っていた。

乱暴にドアが開き、鬼丸が入ってきた。三人は話をやめた。サングラスで血色の悪い顔を覆い隠しているバーテンがひきつった愛想笑いを浮かべながら、

「いらっしゃいませ。いつものやつでよろしいですか」

そう言って、棚からジンのボトルを取ろうとした。その肩に鬼丸は手をかけた。

「ちょっと待て」

バーテンの身体がひくっと動いた。

「どうしてあんな真似をした」

その言葉に店内が震えた。

「何の……ことです」

「とぼけるな。まやかしを使って陰陽師を襲っただろう」

「い、いえ……あたしはそんな……」

鬼丸は長い腕をカウンターの中までずいと伸ばしてバーテンの胸ぐらを摑《つか》み、宙に吊《つ》り上げた。上腕二頭筋がみるみる盛り上がり、服の袖《そで》が破裂しそうになっている。

「くくくくく苦しい……」

頭部を天井に擦りつけられたバーテンは苦悶《くもん》に顔を歪《ゆが》め、

「ささ皿が……」

鬼丸は両手をはなし、バーテンは七、八個のグラスを割りながら落下した。ガラス片が散らばる中でげほげほえずいたあと、彼は頭と喉をさすった。

「まあまあ鬼童丸さん……」

頭の巨大な老人が暴れ馬を鎮めるように鬼丸の背中を軽く叩《たた》いた。鬼丸はぶすっとした顔つきでスツールに座った。

「す、すいません。たしかにやったのはあたしです。あいつだけを狙ったつもりだったんですが、鬼丸さんが近くにいるとは思いませんでした。——どうしてわかりました？」

「小翼竜の羽根がキュウリ臭かった」

バーテンは舌打ちして、両手の匂いを嗅《か》いだ。

「よく洗ったのに……」

「やつに物《も》っ怪《け》の存在について確証を与えるのが危険なことぐらいわからないのか。そうなったらあの馬鹿は俺たちを目の敵にしはじめるぞ。あいつに手を出すな」

「は……はい……申し訳……」

年齢不詳のママが、棘《とげ》のある口調で、

「ねえ、鬼丸さん……なんであんな陰陽師をかばうの？　鬼丸さんがあいつに好意を持ってるのは知ってるけど、あいつはコンコン大王さんを無実の罪で捕まえたのよ。仲間がそんな目にあったんだから、報復して当然じゃない。それとも鬼丸さんは私たちよりも人間の肩をもつの？」

鬼丸は目を伏せ、

「俺は、刑事だ。真実を知りたいだけだ。誰の肩も持たない。そもそも俺はあいつに好意なんか持っていない」

「でも……」

「コンコン大王は釈放されたよ」

「え……どうして……？」

鬼丸はバーテンが差し出したゴードン・ジンを大ぶりのグラスに注ぐと、立て続けに二杯飲み干した。

「もともとが、ただの重要参考人だ。現場にいた、というだけじゃ逮捕はできない」

「ああ、よかった」

「それに……陰陽師は別のやつに狙いをつけたよ」

「えっ？」

「ちょうど事件があった前後の時刻に、神社の隣の空き地の横を通りかかったやつがいて、それが変なものを目撃したらしいんだ」

鬼丸は、三人を前に昼間のできごとを話し出した。

＊

神社から戻った二人を、本庁の刑事が待ちかまえていた。

「関連あるかどうかわかりませんが、奇妙な情報提供者が来ております。テレビで事件のことを知って来たらしくて……下の応接に待たせてありますが」

「どんな情報だ」

ベニーがきいた。

「午前二時頃、白蔵神社の隣の空き地で、男が、犬を地面に埋めて、その首を切り落としたのを見たそうです。夜間のことですし、内容があまりに尋常ではないので、見間違いの可能性が高いとは思いますが……」

「犬神だ！」

ベニーは大声で叫んだ。鬼丸も、そう叫びたかったのをかろうじて堪《こら》えたのだが。

「いぬがみ……？」

きょとんとしてききかえす刑事にベニーはいらいらと言った。

「知らんのか。鬼丸くん、説明したまえ」

「俺は知りませんよ、そんなもの」

ベニーはしかたなく、

「四国、九州、中国地方などに広がる、いわゆる〈憑《つ》き物《もの》〉の一種だ。犬神持ちという家筋があって、その家の者は、他人に犬神を憑依《ひょうい》させ、病気にさせたり、殺したりすることができると信じられている」

「は……はあ……」

刑事は何と返答したらよいか困り果てている。

「それって心因性精神病や統合失調症じゃないんすか」

水をさすようにぼそりと言った鬼丸を睨《にら》みつけ、ベニーは刑事に向かって続けた。

「犬神を作る方法を知っているか。犬を首だけを出して土の中に埋め、食べ物を与えないようにして飢えさせ、飢餓が頂点に達したとき、離れた場所に肉片を置く。犬がその肉を食べようと必死で首を伸ばした瞬間、頭部を切り落とし、呪具として祀《まつ》るんだ」

「じゃあ、その男は……」

ベニーはうなずくと同時に指をスナップさせた。

「犬神を作ろうとしていたんだ。成功すれば、犬の霊を自在に操ることができるようになり、憎い相手に憑依させることによって、超自然的なやりかたで相手に打撃を与えることが可能だ。たとえば、瞬時にして人をミイラ化するとかもできるんじゃないかな」

鬼丸が考えていたのも、まさにそのことだった。

「超自然的なやりかたただなんて、まさか……」

「じゃあ、その目撃談に他に筋の通った理屈がつくかね。これは呪詛《じゅそ》による殺人だ。死《し》骸《がい》の喉《のど》には犬の嚙《か》み傷があったし、下働きの猿山という男の話だと、佐渡は『いぬがみつき……』と言い残して姿を消したそうじゃないか」

「し、しかし……」

「すぐにその目撃者に会う。鬼丸くんも来たまえ」

ベニーは上着の裾《すそ》を颯爽《さっそう》と翻して、階下に降りていった。

（この平成の大都会で、犬神かよ……）

そう思いながら、鬼丸も背中を丸めてあとに続いた。

目撃者は露口靖子という二十代の女性だった。ごわごわの髪の毛を赤く染めており、大きな白い花形の髪留めをつけている。彼女は、隣町にあるペットショップの店員だが、帰宅途中に神社横の空き地を通りかかったときに、怪しいふるまいをする男を目撃したという。自宅はすぐ近く、お屋敷街を抜けたところにあり、時ならぬパトカーの参集のことも夢うつつに覚えていて、昼のニュースで事件を知り、情報提供を申し出る気になったのだそうだ。

「あなたが男を見たのは午前二時頃だそうですが、まちがいありませんか」

ベニーが質問した。

「空き地を通る直前に、今、何時頃だろうと腕時計を見ましたから」

「毎晩、そんなに遅いんですか」

「最近、忙しくて……。もうへとへとです」

「相当暗かったと思いますが、暗さと疲労ゆえの見間違いではありませんか」

「月が出ていたので、それなりに見通しはききました。まちがいないと思います。犬は黒いダックスフントでした。今流行《はや》りのミニチュアダックスというやつで、とても小柄な犬種です。スムースヘアードのブラック・アンド・タンタイプといって……」

「お仕事上、犬についてはお詳しいようですが、そのへんの蘊蓄《うんちく》はまた今度うかがいます。それより、肉片のようなものに気づきませんでしたか」

「肉……？　いえ……」

「ＯＫ」

ベニーは本庁から来た部下に顎《あご》をしゃくった。空き地を調べろという意だ。

「では、あなたのご意見をうかがいたい。その男は、犬を地面に埋め、その首をナイフで切断したわけですが、いったい何のためにそんなことをしていたと思いますか」

返答を予想した質問ではなかった。一般人に犬神の知識を求めるのは酷というものだから念のためにきいてみただけなのだが、しかし、彼女はあっさりと答えた。

「もちろん、犬を虐待するため、だと思います」

予想外の返答だった。

「あなた、その男について何か知ってるんですか」

「名前は知りませんが……前にうちの店の前でトラブルになったことがあるんです」

靖子の話によると、その男は犬を飼っている人の間では極度の犬嫌いで知られていて、あちこちの公園などでも、犬を散歩させている人に「公共の場に犬を入れるな」と食ってかかったり、投石をしたりするらしく、彼女の勤めるペットショップの客の間でも話題になっていたが、一度、店頭に並べてある犬のケージをばんばん叩《たた》いて、「うるせえ、静かにしろっ」と怒鳴りつけ、興奮した犬たちがますます吠《ほ》えたてると、店内に入ってきて、靖子に「通行人に迷惑がかかる犬のケージをすぐに撤去しろ」とねじ込んできた。言いがかりだと思って、警察を呼ぶ旨を告げると、頭を抱えて、「犬なんかみんな死んじまえばいいんだ。知ってるか、犬は悪魔なんだ。ちゃんと聖書にも書いてあるんだ。俺は犬という犬を殺してまわりたい」と大声で叫びながら出ていったという。

「だから、きっとあの人は犬を虐《いじ》めていたんです。土の中に埋めて、首を切るなんて、かわいそうで……」

「犬神を作ろうとしていた、とは思いませんか？」

ベニーがそうたずねると靖子はきょとんとして、

「犬神……？　何ですか、それは」

ベニーが説明すると、靖子は苦笑しながら、

「警察にもロマンチストがいらっしゃるんですね。いまどき呪いだなんて、小学生でも信じませんよ」

「そらそうですよねえ」

鬼丸がにやにやしながら深くうなずくと、ベニーはむっとした表情になった。

「今のご説明では、死んだ犬の霊魂を自分に憑けるということですが、あんな犬嫌いの人がそんなことをするとは思えませんけど」

「そらそうですよね」

鬼丸がもう一度うなずいて、事情聴取は終わった。靖子が帰ったあと、鬼丸はどうし

てもベニーをからかいたくなり、

「警部殿ってロマンチストだったんですね」

ベニーは顔をしかめて、

「私は現実主義者だ。陰陽道《おんみょうどう》は、陰陽五行の考え方をベースに、天文学、暦学、統計学などの研究結果をデータとして使用した科学的なメソッドだ。ロマンチシズムの入り込む余地はない」

「へえー」

「まえにも言ったと思うが、私は人外のもの、いわゆる物の怪《もののけ》の存在も、科学的に実証されるべきだと考えている」

「そんなもの、いるわけないでしょう」

「そうかな？」

ベニーはぞっとするような笑みを浮かべ、

「やつらはきっとどこかにいるはずだ。私たちがこうして話している場を眺めてにやにやしているはずだ。いつか、やつらの存在を科学的に暴いてやる。闇のなかにいる連中を、明るみに引きずり出してやる。私はそういうスタンスだ」

やぶ蛇だったな、と鬼丸は思った。

＊

犬を殺した男の身元はすぐに割れた。数駅先のアパートに住む宝田修《たからだおさむ》という元会社員で、勤め先の小さな貿易会社を解雇されてからは時々バイトをするだけで定職にはついていないらしい。彼は、自室にいるところを任意同行を求められ、忌戸部署で事情聴取を受けたが、同時刻に空き地にいたことも犬の首を切ったことも否定しており、あとは貝のように押し黙っているという。

「空き地には犬の頭部も胴体も餌もどこにも見あたらなかったが、血の痕跡《こんせき》が発見され、現在、犬のものかどうか鑑定中だ」

鬼丸が言うと、

「ということは……」

顔に皺《しわ》一つない老人が口を挟んだ。

「宮司がミイラになった頃に、犬嫌いの男が隣の空き地で犬の首を切っていた……というんじゃな」

「何のことだかまるでわかりませんねえ。話がややこしくて……」

バーテンがグラスを磨きながら言うと、

「おまえがややこしくしたんだろうが」

鬼丸が、すでに怒りのおさまった口調で言った。彼は、ゴードン・ドライジンを一瓶空にすると、二瓶目の封をあけながら、

「──で、俺がききたいのは、人間を数時間でミイラ化してしまうような物《も》っ怪《け》に心当たりがあるかどうかだ」

「そうねえ……ミイラだのマミーだのというのは西洋のものだし、日本ではちょっと……」

ママが言うと、バーテンもうなずいて、

「即身成仏ってのはありますが、物っ怪とは逆に、有り難がられるほうですからね」

「じゃが、ミイラ化というのを、対象物を乾燥させることと考えると、たとえば中国では魃《ばつ》として知られている〈日照り神〉がおる。また、〈姥火《うばがび》〉、〈ふらり火《び》〉、〈鬼火《おにび》〉、〈悪路神《あくろじん》の火《ひ》〉といった炎の物っ怪も熱をもって人間を乾かしてしまうことはできるじゃろ」

「そりゃそうだが……〈日照り神〉は田畑や湖沼の旱魃《かんばつ》を起こすかもしれないが、人間一人を干上がらせることはあるまい。死骸《しがい》は焼け焦げていたわけじゃないから、炎の妖《よう》怪《かい》のしわざでもないと思う」

「人間の血や体液を吸い取る物っ怪としては、〈磯女《いそおんな》〉、〈磯姫《いそひめ》〉、〈野衾《のぶすま》〉、〈山女《やまおんな》〉などがおるが……」

「たしかチュパカブラとかいうのがいて、家畜や人間を襲い、血と体液を全部抜き取っ

てカラカラにするって聞きましたが」

　とバーテン。

「あれはプエルトリコだろうが」

「でも、海を渡ってきたのかもしれませんよ。あと、ＵＦＯのしわざって説もあるらしいですけど」

「キャトル・ミューティレイションってやつだな。まあ、ちがうだろうよ」

「で、例の陰陽師先生はどう考えてるの？」

　ママが乾き物を小皿に盛りながら言った。

「あいつは、その宝田という男が犯人だと決めてかかっている。犬神の力を使った呪詛《じゅそ》による殺人だとな。もともと六壬式占で、この一件には何か超自然的な要素があるという卦《け》が出たらしいんだ」

「そんなこと、警察の他の人たちは信じないでしょうに」

「それはどっちでもいいんだ。そういうことをやるやつは、どうせ他にも後ろ暗いことをしている。それを暴いて、逮捕すればいいんだから。問題は、あの男が、物っ怪や呪詛の実在に気づき、今は事件の解決にだけ使っている陰陽師としての力をそういったモノの祓《はら》いに使うようになるとヤバいってことだ。物っ怪なんていない、呪詛だの魔道だの祟《たた》りだのといったものは存在しない……そう思っててもらいたいんだ」

「鬼童丸さんも同じ警察官としてやりにくかろうしのう」

「そういうことだ。陰陽師として、かなりレベルアップしてきてるようだし、うかつに手出ししたら、俺も危ないかもしれない」

バーテンが落ち込んだ様子で、

「自分がしでかしたことの迂闊《うかつ》さがようやく飲み込めてきました。あたしなんかが到底太刀打ちできる相手じゃなかったってことですね」

「目撃者が見た犬の首も胴体も空き地になかったことで、陰陽師はますます確信を強めてる。呪具として使用するために持ち去ったんだとな。あと、まずいことに宝田は四国の出身だった。犬神との関連が疑われてもしかたがない。しかも、ミイラの喉《のど》には犬の嚙《か》み跡があり、『いぬがみつき』という最後の言葉もあるし……」

「しかしのう、犬神を操って他人に憑《つ》けるなど、一朝一夕でできることではない。犬を地面に埋めて飢えさせ、その首を切り落としたとしても、全部がうまく犬神化するわけではないし、まして、運良く犬神になったとしても、それを使役して思い通りに動かすにはそれなりの時間が必要じゃ。空き地で犬を殺したのとほぼ同時刻に隣の神社でその効果が発現するなどというのはありえぬことじゃろ」

「俺もそう思う」

「だったら、その男、どうしてそんな夜中に空き地なんかにいたんだろ」

とママが言った。

「犬を虐《いじ》めるためだとしても、ちょっとおかしくなあい？」

「それは……」

鬼丸は何か言いかけて言葉を切った。そして、カウンターに両肘《りょうひじ》をついてしばらく無言のまま考え込んでいたが、ポケットから捜査員に配られた資料の束を取り出し、中の一枚を皆の前に示した。それは、神社に設置されていた防犯装置に関する資料だった。

「何となく読めてきた。こういうのはどうだ……」

彼は三人を集めて何やら話しはじめた。

「なーるほど。それはそうかもしれませんね。だいたい辻褄《つじつま》はあう。さすが鬼丸さんだ。神社の下働きの男に確認すれば、裏もとれるでしょうし。そもそもいくら物っ怪の力でも人間が突然ミイラになるというのはおかしいですからねえ」

とバーテンが暗い顔で言うと、ママも、

「私、鬼丸さんに悪いことしちゃったわね。何て謝っていいか……」

「そんなことはどうでもいいさ。あとは、これをあの陰陽師野郎にどうプレゼンテーションするかだが、そのままでは納得するまい」

「こういうのはどうかのう」

老人が小声で何事かを言い、鬼丸はうなずいた。

「ま、そんなところかな。感謝するぜみんな」

そう言って、鬼丸は二本目のジンを飲み干した。

＊

鬼丸の報告を聞き終えて、ベニーは不機嫌極まりない顔になった。

「ということは、この事件は呪詛による殺人ではない、というんだな」

「そのとおりです、警部殿。呪いなど世の中に存在しません」

「…………」

「常識で考えればすぐわかることです」

「私が非常識だと言いたいのか」

「いちいち言葉尻《ことばじり》にひっかからないでください。面倒くさいなあ」

「なんだと」

「人間が突然ミイラになるわけがありませんよね。ということは、考えられる結論はただ一つ……」

そう言って、鬼丸は数葉の写真を警部に示した。そこには、宮司とそっくりの顔をした人物が写っていた。

「替え玉か」

ベニーは苦々しげに言った。

「そうです。この男は、白蔵稲荷神社の宮司佐渡吉武の弟で佐渡安弘《やすひろ》です。高校生のときに家出したまま行方がわからなくなっていました。おそらく何ヵ月か前、暮らしに行き詰まった彼は兄を頼って神社に現れたものと思います。宮司はかなりの財産を持っていましたから、それを少し融通してもらうつもりだったのでしょう。しかし、吝嗇家《りんしょくか》である宮司は実の弟の頼みを拒絶しました。『おまえみたいなやつに貸してやる金は一文もない』ぐらいのことを言ったかもしれません」

「逆上した弟は兄を殺して入れ替わった……」

「そのあと死骸を宝物殿の裏に埋めたのでしょう。吸水性のよい砂地に埋められたことで、血液、体液、自家融解や腐敗のために液状になった内臓などが流失し、乾燥が著しく進行して、ミイラ化したんです」

「喉にあった犬の嚙み跡は何なんだ」

「犬は埋蔵物を掘り返す習性があります。埋められた死骸を掘り出して、喉に嚙みついたものの、ぱさぱさで美味《うま》くなく、また埋め直したんじゃないですか。そのとき、うまく埋められなくて手首が出てしまった。それを猿山が見つけた……。宮司の死因は絞殺によるものと推定されます。ミイラ化と、そのうえから犬の嚙み跡がついたことで、絞殺痕がわかりにくくなったんじゃないでしょうか」

「つまりは、猿山も禰宜《ねぎ》や巫女《みこ》たちも氏子たちも、偽の宮司をそうとは気づかずに何ヵ月間も仕えていたということか。よくばれなかったもんだな」

「猿山は、宮司は最近は人間が丸くなり、彼や禰宜たちにも柔らかく接するようになった、と証言しています。おそらく入れ替わったのはそのあたりでしょう」

「偽宮司が『いぬがみつき』と言い残したのはどういうわけなんだ。まさか『犬嚙みつき』じゃあるまい」

「彼は、窓から庭を見て、犬が入り込んでいることに気づいたのでしょう。神社の周囲は板塀、つまり瑞垣で囲まれています。これは推測ですが、偽宮司は『犬が瑞垣（のところに）……』と呟《つぶや》いたのではないでしょうか。自分が埋めた兄の死骸を犬に掘り返されては犯罪がばれてしまう。あわててこっそり外に出て犬を追い払おうとしたとき、猿山に呼ばれた警官がやってきた。万事休すというわけで、神社の外に逃亡したのでしょう」

「じゃああのホームレスは関係ないのか」

「おそらく」

「だが、警官も猿山も犬など見ていないと言っていたはずだが」

「それについては、さっき猿山に電話で確認しました。穴があったんです」

「穴？」

「神社の隣の空き地と神社の境にある瑞垣の下端と地面の間に、小さな穴があいてなかったか、とたずねると、どうしてそれを知っているのか、との返事でした。夜中に見回りをしたときに見つけて、誰もくぐれないほどの小さな穴だけど、念のために埋めたとのことです」

「身体の小さな人間ならくぐれそうな穴か？」

「いえ」

「子供でも無理か」

「はい。でも、小さな犬なら……」

鬼丸は、その穴を使って何が行われたかについて説明した。ベニーの顔はみるみる青ざめていった。

「では、この写真の男を逮捕すれば、今、君が話したことの裏がとれるな」

「それがですね……」

鬼丸は一枚の紙をベニーに手渡した。それは死亡診断書で、日付は今朝。添付されていた顔写真は、宮司と瓜《うり》二《ふた》つである。

「渋谷区の公園で首を吊《つ》っているのを通りすがりのアベックが発見、か……。兄殺しが発覚するのを覚悟しての自殺……」

「そんなところでしょう」

「これで真相は闇の中だな……」

「物的証拠から組み立てることは、警部なら可能でしょう」

ベニーは鼻を鳴らすと、露骨に不快さを示し、

「いやに嬉《うれ》しそうだな。まあ、いい。この件がそうだったからといって、私の考えが全面否定されたわけでも何でもないからな。だが、六壬式占では、超自然的な要素がある

と出たんだが……」

「当たるも八卦《はっけ》、当たらぬも八卦。所詮《しょせん》、占いなんて当たる確率は五十パーセントですよ」

「そんなはずはない。六壬式占は……」

そこで絶句すると、眉間《みけん》に皺《しわ》を寄せて拳《こぶし》で壁を殴りつけ、

「痛っ」

と小声で叫んだ。鬼丸は吹き出しそうになるのを堪《こら》えた。ベニーは拳をさすりながら、

「宝田修の取り調べを行う。君も立ち会いたまえ」

＊

「何遍言ったらわかるんだ。お、俺は何もやってない。人殺しなんて知らない。帰してくれよ」

アロハを着た太った男が肉付きのよい頬を揺すりながらベニーに言った。脂で光った無精ひげを神経質にこすり、小さな目をしばたたき、分厚い唇を歪《ゆが》めてしゃべる。

「宮司殺しについてはあなたの主張を認めましょう。でも、もう一つについてはどうです」

「もう一つ……？」

「あなたは随分前にヤママル商事という貿易会社をくびになったと聞きましたが、その会社がフランスから輸入していたのが、当時としては最先端の防犯装置です」

宝田の脂ぎった顔が一瞬こわばった。

「あなたは営業兼設置の担当者だったそうですが」

「古いことで忘れたなあ」

「ここに最近続発していた窃盗事件の被害にあった家屋のリストがありますが、場所も状況も異なるこれらの被害宅に一つだけ共通項があります。それは、あなたが販売していた防犯装置を今でも使っているという点です。そして、白蔵稲荷の防犯装置もまた……」

「偶然の一致じゃないのか。俺には関係ない」

「いい加減にしろよ、おまえが窃盗犯であることはわかってるんだ」

「何のことかねえ」

「わからないのなら私が教えてやろう。おまえは、犬を訓練して、盗みに利用したんだ」

宝田の顔に安堵《あんど》が浮かんだ。

「へっ、馬鹿馬鹿しい。俺は犬嫌いなんだ。そのことは誰もが知ってる。犬を訓練するなんてとんでもない話だ」

「犬を犯罪に使っていることを覚《さと》られないためにわざと犬嫌いを装って皆に見せつけていたんだろうが、あまりにあざとすぎたな」

「ほんとだ。俺はほんとに犬が嫌いなんだ。嘘だと思ったら、そのへんのペットショップの店員にでもきいてみろよ、バーカ」

そう言うと、宝田は頭の後ろに手を組み、天井を向いた。ベニーの端整な顔が紅潮した。彼はアルミ製の大きな灰皿を片手で摑《つか》み、机に叩《たた》きつけた。派手な音とともに吸殻が飛び散り、手が滑ったのかその灰皿は宙に舞い、記録を取っていた小麦早希の顔面を直撃しそうになった。しかし、横合いからひょいと手を伸ばした鬼丸がつかみ取り、そっと机に戻した。鬼丸の座っている位置からはつかめるはずのない距離だった。まるで、腕が倍ほどに伸びたように小麦には見えた。鬼丸は、小麦のほうを見ようともせず、なにごともなかったかのように容疑者を見つめている。

「あんまり無茶な取り調べをすると、新聞沙汰《ざた》になって、あんたの上役が会見で謝罪することになるぜ。それでもいいのかよ」

宝田はふてぶてしい態度を崩さない。

「なに……貴様」

ベニーが立ち上がって、男の胸倉をつかもうとしたとき、それまで身体を半身にして、黙り込んでいた鬼丸がぼそりと言った。

「――ブチ、だったかな」

宝田は、ぎょっとして鬼丸を見た。

「あんたの相棒の名前だよ」

「な、なんのことだか……」

「あんたと相棒のやり口はこうだ。まず、昔のリストから自分が売った防犯装置を今でも使っている個人宅を探し、その塀の下に穴を掘り、そこから小柄な犬を潜り込ませる。ミニチュアダックスフントは足が短く、胴が長く、身体が小さい。もともとアナグマやウサギを狭い巣穴の中で狩るために人為的な掛け合わせで作られた狩猟犬だから、穴をくぐるのはお手の物だ。こうして防犯装置をかわして中に入ったダックスフントはスイッチボックスを探しだし、セットを解除する。あんたは頃合いをみはからって壁を乗り越えて侵入する。犬は絶対に吠《ほ》えたりしないようしつけられているし、足が短いために地面すれすれをよちよち歩く黒いダックスフントは、夜間、家屋内からは見つかりにくい。仕事を終えたあと、あんたは再び塀を越して外に出る。犬は防犯装置を元通りセットしてから、穴を抜けて脱出する。警備会社とオンラインでつながっていない装置だから、途中で解除しても記録は残らない」

「でたらめばかり言うなっ」

「ところが今回はうまくいかなかった。犬が、死骸《しがい》を掘り当ててしまったんだ。神社の境内に入ったあんたは、何やら騒ぎが起きたのに気づき、盗みを諦《あきら》めて逃げることにした。塀を越して空き地に出たところまではよかったが、犬が出てこない。どうやら誰かが……実際にはこれは下働きの猿山という男だったんだが、穴を内側から埋めてしまったらしい。あんたは焦った。犬が見つかったら、これまで謎だった連続窃盗の手口がばれてしまうし、そこからたぐってあんたに捜査の手が伸びないとも限らない。それであんたは仕方なく、毒入りのパンを投げ入れて、愛犬を殺してしまおうとした」

「………」

「犬が毒餌をちゃんと食べたかどうか気になったあんたは、空き地で中の様子をうかがっていた。ところが、驚いたことに、犬は飼い主であるあんたに会いたい一心で、もぐらのようにトンネルを掘って抜け出てきた。穴掘りに適応した犬種であるダックスフントの本能が目覚めたんだ。ようやく犬は頭を地上に出した。我々は最初、あんたが犬を地面に埋めたのだと勘違いしたが、そうじゃなかった。犬は地下から出ようとしていたところだったんだ」

「知らない……俺は何も知らない……」

「あんたに気づくと、ダックスフントは嬉しさのあまりあんたの手をぺろぺろ嘗《な》めた。犬が手をなめるということは、よほどあんたに懐いていることを示している。犬嫌いのあんたにな。そのとき、たまたま通りかかったのが、ペットショップの店員だ。あんたは前にそこでわざと悶着《もんちゃく》を起こしたことがある。向こうはあんたの顔を記憶していた。あんたも相手が誰であるかわかった。素人ならともかく、専門家なら、犬が自分に懐いているかどうかすぐにわかってしまう。甘えた鳴き声でもたてられたらそれこそ終わりだ。あんたは、犬の口を封じるため、ダックスフントの首を切り落としたんだ。あんたに会いたいがために必死になって穴を掘った愛犬の首をな」

宝田修は両の拳を握りしめ、涙と鼻水を垂れ流しながら、とぎれとぎれに言った。

「ブチ……許してくれ……」

彼は全てを自白した。

*

〈スナック女郎蜘蛛〉のカウンターには三人の男が並んでいた。鬼丸と頭の大きな老人、そして蓬髪《ほうはつ》で汚い身なりの大柄な中年男だ。

「今日はコンコン大王さんの出所祝いでーす。じゃんじゃん飲んでください」

蟻の柄の着物を着たママが乾杯の音頭をとり、グラスを高くあげた。カウンターにはママの心尽くしの料理が並んでいる。焼きそば、おでん、牛タンの蒸し物、冷製トマト、ゴーヤチャンプル、生春巻きなどなどである。

「おいおい、出所祝いって、彼はべつに逮捕されてたわけじゃないんだぜ」

鬼丸がそう言ってビールを一口で乾し、そこにジンをどばどば注いだ。

「おおきにおおきにおおきに。皆さんのお気持ちが身に染みますわ。白蔵稲荷の宮司はんは、わたいみたいなもんを境内の片隅に置いてくださって、いつも感謝しとったんです。それが、久しぶりに帰ってみたらむごたらしゅう殺されとって、その下手人がわたいやなんて……もう何もかもいやになって、いっそ死んでしもたろかとまで思たんですけど、浮き世も捨てたもんやおまへんな。どないに世の中が変わっても、物《も》っ怪《け》仲間の友情に変わりないちゅうことがようわかりました。おおきにおおきに」

狐は疑いが晴れたことがよほどうれしいのか、料理を頬張り、グラスを重ねるたびに饒舌《じょうぜつ》になっていった。

「大王さん、大丈夫、そんなに飲んで。尻尾《しっぽ》が出てるんじゃないの？」

ひげ面の中年男はぎくっとして自分の尻《しり》を見、ため息をついて、

「おどかしなはんな。尻尾を出すやなんて、そないなへまはしとりまへん」

「果たしてそうかな」

ぬらりの旦那《だんな》が低い声で言った。

「——へ？」

「尻尾を出したことはないか、ときいとるんじゃ」

「な、何の話ですねん」

「あんたはその、大恩ある白蔵稲荷の宮司を殺したんじゃないのかね」

「へへへへ、あれは……宮司の弟のしわざちゅうことに……罪を悔いて自殺したて、新聞にもそない載ってましたで」

鬼丸がにやりと笑い、

「たしかに佐渡吉武に弟はいるが、高校生のときに家出したままなんだ。今はどこにいるのか、それとも野垂れ死にしたか……」

陰鬱《いんうつ》な顔のバーテンがぼそりと言った。

「死亡診断書を偽造したのはあたしです。警視庁の警部さんを騙《だま》せたんだから、あたしの技術もまんざらではないっしょ」

「やりたくもない誤魔化しをしたわけは、宮司と入れ替わっていたのは弟……そういう結論にならねば困るからじゃ。わしら物っ怪の存在が明るみに出るでのう」

老人の声は穏やかだったが、目は笑っていなかった。

「あ、あ、あんたら、よってたかってわたいに何をしようと……」

スツールから立ち上がると男は壁に背をつけ、じりじりと入り口に向かって移動しはじめた。ママが抑揚のない冷ややかな声を彼に投げつけた。

「コンコン大王さん、あんたはねえ、四ヵ月前に宮司さんを殺して、砂に埋め、自分は宮司さんに化けて、入れ替わってたんでしょ。狐なら化けるの、お手のものだものねえ。喉《のど》に犬の歯形がついてたそうだけど、狐は犬科だわよね」

「わ、わたいやない。わたいはそんなこと……」

鬼丸が狐に背を向けたまま、

「寝る前にふと窓から外を見ると、瑞垣《みずがき》のところに犬が入り込んでいる。おまえは焦った。死骸を掘り返されちゃあコトだ。あわてて外に出たが、ダックスフントは猟犬だ。おまえが狐であることをすぐに見抜き、追いかけてきた。訓練された犬だから吠えはしないが、狐は犬が大の苦手だ。おまえは必死で境内中を逃げまどった。死骸を埋めた場所に近づけないまま、そうこうしているうちに警察がやってきてミイラ化した宮司を見つけてしまった。もう、宮司に化けるわけにはいかない。しかたなくおまえは四ヵ月前にこの世から抹殺したはずのホームレスの姿に戻った。宮司の寝間着を持っていたのはそのためだ」

「しょ、証拠がおまんのか！」

その叫びを聞いたとき、老人が言った。

「あとは、鬼童丸さんにお任せしよう」

ママ、バーテン、老人の三人は壁に吸い込まれるようにふっと消えた。

「ひいいいいっ」

狐は、ノブに飛びつくようにしてドアをあけようとしたが、瞬間、ドア自体が黄色い混沌《こんとん》の中に溶け失《う》せた。どっどど、どうどど、どっどど、どうどど……地の底から響いてくるような低い太鼓の音が耳を聾《ろう》せんばかりに沸き上がってきた。硫黄の臭いが激しく鼻をつく。

「かかかかか勘弁しとくんなはれっ」

汚らしい格好をした中年男は、両手を合わせて懇願した。

「わたいが悪いんちゃいまんねん。あの宮司が境内にあった稲荷の祠《ほこら》を駐車場にするから言うて壊しよったんです。金儲《かねもう》けのために物っ怪の棲《す》み家《か》を潰《つぶ》すやなんて、人間の勝手非道な行いにつくづく腹が立って、思わず喉にかぶりついてしもたんです。嘘やおまへん。ほんまです。ああああんたも物っ怪なら、人間に棲む場所を奪われたもんの気持ち、わかりまっしゃろ！」

「ふふん。宮司が飯の種である祠を壊すものか。俺が調べたところでは、おまえは歌舞《かぶ》伎町《きちょう》のソープに入り浸ってたそうじゃないか。あと、菊村組《きくむらぐみ》の賭場《とば》にも相当借金が溜《た》まっているはずだ。借金を宮司に頼み込んで断られたんで、カッとなったんだろう」

「うう……う……あんた……物っ怪のくせに人間の肩持ちまんのか。裏切り者」

「何が物っ怪だ。おまえは見かけも人間だが、心も骨の髄から人間だよ。もう、狐の姿に戻る方法を忘れちまってるはずだ」

コンコン大王は狐の顔と人間の顔が入り混じったような、何ともいえぬ醜悪な顔に憎しみと怒りと絶望をないまぜにして、大口をあけて鬼丸に飛びかかった。突如噴き上がった凄《すさ》まじい劫火《ごうか》に行く手を遮られ、彼は床に叩《たた》きつけられた。

「おまえは今から裁きを受ける」

〈鬼〉の声は深い悲しみに満ちていた。

＊

「あーあ、事件が解決したんで、捜査本部解散になって、芳垣さん、本署に戻っちゃった。がーっかりだわ」

缶コーヒーを持って廊下のソファに座った峯野かをりが、ため息混じりにそう言った。

「これでまた当分うちの署のろくでもない、あか抜けしない、野暮ったい連中の顔見て過ごさなきゃなんないのね。悲しいわあ」

「私は、そうでもないけどね」

微糖紅茶を手にした小麦早希が、ソファの横に立ったまま言った。

「え？　早希、それどういうこと？」

「この署内にも、よーく見ると、けっこうかっこいいひと、いるんだなあ……って思って」

「え？　え？　え？　聞き捨てならないわね。それってだれのこと？　刑事課のひと？」

「さあ……」

「安西さん……のはずないわよね。篠原さん……でもないか」

かをりはそのあと数人の刑事の名前を挙げていったが、最後の最後に、

「まさか、鬼丸さん？」

早希は答えるかわりに下を向いた。

「オー・マイ・ガーッ！」

かをりは大仰に額に手を当てると、

「辞めたさくらに続いて早希まで……。どーなってんの、これ！」

「取り調べのとき、ちょっとね……」

早希はそこで言葉を切り、くすくすと思い出し笑いをした。

*

「おかしい……」

衣冠束帯を身につけた男が、香のたかれた暗い部屋の中に端座している。彼の前には、中央が半球状に盛り上がった盤が置かれている。雷に撃たれた棗《なつめ》の木と楓《かえで》の瘤《こぶ》を使った六壬式盤だ。

「やはり……忌戸部署のほうに妖雲《よううん》を感じる。私の占いはまちがっていなかったのか……」

ベニー芳垣は、顔中に汗を浮かべながら、何度となく笏《しゃく》を打ち振った。

やがて、顔をあげると、歯ぎしりをして、

「あいつめ……」

そう呟《つぶや》いた。

エピローグ

偶然が重なった結果とはいえ、長年におよぶ束縛から解放されたものは、信じがたいほど膨大なエネルギーだった。問題なのは、その事態にだれひとりとして気づかなかった、ということだ。いや、実際にはこの広い世界でたったふたりだけ、なんとなく感じている者がいた。ひとりは陰陽師《おんみょうじ》としての式占の技術によって、もうひとりは「鬼」としての同族的直感によって。どちらもまだ、表面を撫《な》でた程度で、とても事実を直視できているとはいえない。その二名はのちのち、それを深く悔やむことになる。いずれにせよ、いつかは皆ひとり残らず、いやおうなく気づかされるのだ。

そのものは、最初こそ大気中をクラゲのように漂っていたが、そのうちに居場所を見つけ、そこに着床した。なにしろあまりに巨大なエネルギーなので、周囲が影響を受けて変容するのは避けられない。それはある意味、海底火山から噴き出す猛毒の硫化水素のようだった。目には見えないが確実に世界を侵し、壊し、蝕《むしば》んでいく。なぜならそのものは純粋な「悪意」と「邪念」の塊であり、災禍と祟《たた》りを人間に提供することこそが彼の至上の喜びだったからだ。

しかし、はじまるのはまだ少し先のことだった。なにがって？　そう……そのものが日本という国にもたらす「死」と「殺戮《さつりく》」が、である。

本作はフィクションであり、実在の人物、団体等とは一切関係ありません。

本書は、二〇〇一年八月に講談社より刊行された『鬼の探偵小説』
を再構成、改題の上、文庫化したものです。

オニマル　異界犯罪捜査班《いかいはんざいそうさはん》　鬼《おに》と呼《よ》ばれた男《おとこ》
田中啓文《たなかひろふみ》

角川ホラー文庫　Hた1-5　18261

平成25年11月25日　初版発行

発行者――山下直久
発行所――株式会社KADOKAWA
東京都千代田区富士見2-13-3
電話(03)3238-8521(営業)
〒102-8177
http://www.kadokawa.co.jp/
編　集――角川書店
東京都千代田区富士見1-8-19
電話(03)3238-8555(編集部)
〒102-8078
印刷所――暁印刷　製本所――BBC
装幀者――田島照久

ISBN978-4-04-101098-3 C0193

角川文庫発刊に際して

角川源義

第二次世界大戦の敗北は、軍事力の敗北であった以上に、私たちの若い文化力の敗退であった。私たちの文化が戦争に対して如何に無力であり、単なるあだ花に過ぎなかったかを、私たちは身を以て体験し痛感した。西洋近代文化の摂取にとって、明治以後八十年の歳月は決して短かすぎたとは言えない。にもかかわらず、近代文化の伝統を確立し、自由な批判と柔軟な良識に富む文化層として自らを形成することに私たちは失敗して来た。そしてこれは、各層への文化の普及滲透を任務とする出版人の責任でもあった。

一九四五年以来、私たちは再び振出しに戻り、第一歩から踏み出すことを余儀なくされた。これは大きな不幸ではあるが、反面、これまでの混沌・未熟・歪曲の中にあった我が国の文化に秩序と確たる基礎を齎らすためには絶好の機会でもある。角川書店は、このような祖国の文化的危機にあたり、微力をも顧みず再建の礎石たるべき抱負と決意とをもって出発したが、ここに創立以来の念願を果すべく角川文庫を発刊する。これまで刊行されたあらゆる全集叢書文庫類の長所と短所とを検討し、古今東西の不朽の典籍を、良心的編集のもとに、廉価に、そして書架にふさわしい美本として、多くのひとびとに提供しようとする。しかし私たちは徒らに百科全書的な知識のジレッタントを作ることを目的とせず、あくまで祖国の文化に秩序と再建への道を示し、この文庫を角川書店の栄ある事業として、今後永久に継続発展せしめ、学芸と教養との殿堂として大成せんことを期したい。多くの読書子の愛情ある忠言と支持とによって、この希望と抱負とを完遂せしめられんことを願う。

一九四九年五月三日

幽霊詐欺師ミチヲ

黒 史郎

幽霊を口説け？　マジですか!?

借金を苦に自殺しようとしていたところ、カタリという謎の男に声をかけられた青年ミチヲ。聞けばある仕事を引き受ければ、借金を肩代わりしてくれるという。喜ぶミチヲだったが、その仕事とは、失意の果てに命を絶った女の幽霊を惚れさせ、財産を巻き上げることだった！　かくして幽霊とのデートの日々が始まるが……はたして幽霊相手の結婚詐欺の結末は!?　究極のウラ稼業“チーム・ミチヲ”が動き出す！　痛快感動暗黒事件簿《エンタ》。

角川ホラー文庫

ISBN 978-4-04-394426-2

バチカン奇跡調査官

黒の学院

藤木 稟

天才神父コンビの事件簿、開幕！

天才科学者の平賀と、古文書・暗号解読のエキスパート、ロベルト。２人は良き相棒にして、バチカン所属の『奇跡調査官』——世界中の奇跡の真偽を調査し判別する、秘密調査官だ。修道院と、併設する良家の子息ばかりを集めた寄宿学校でおきた『奇跡』の調査のため、現地に飛んだ２人。聖痕を浮かべる生徒や涙を流すマリア像など不思議な現象が２人を襲うが、さらに奇怪な連続殺人が発生し——⁉

角川ホラー文庫

ISBN 978-4-04-449802-3

十三の呪

死相学探偵 1

三津田信三

死相学探偵シリーズ第１弾！

幼少の頃から、人間に取り憑いた不吉な死の影が視える弦矢俊一郎《つるやしゅんいちろう》。その能力を“売り”にして東京の神保町に構えた探偵事務所に、最初の依頼人がやってきた。アイドル顔負けの容姿をもつ紗綾香《さやか》。ＩＴ系の青年社長に見初められるも、式の直前に婚約者が急死。彼の実家では、次々と怪異現象も起きているという。神妙な面持ちで語る彼女の露出した肌に、俊一郎は不気味な何かが蠢くのを視ていた。死相学探偵シリーズ第１弾！

角川ホラー文庫

ISBN 978-4-04-390201-9

ISBN 978-4-04-100176-9